SHANGHAI LITERATURE & ART PUBLISHING GROUP

故事会
精品系列

悲剧故事

I0517166

上 海 锦 绣 文 章 出 版 社
上海故事会文化传媒有限公司

上海文艺出版（集团）有限公司

图书在版编目（CIP）数据

悲剧故事 《故事会》编辑部编 – 上海：上海锦绣文章出版社
（故事会精品系列） ISBN 978-7-5452-0251-9
Ⅰ.①悲…Ⅱ.①故…Ⅲ.故事－作品集－世界 Ⅳ.I14
中国版本图书馆 CIP 数据核字 (2009) 第 015623 号

丛 书 名：故事会精品系列

书　　 名：悲剧故事

主　　 编：何承伟

编　　 委：何承伟　　 吴　伦　　 姚自豪　　 夏一鸣

责任编辑：刘迎曦　　 鲍　放

装帧设计：王　伟

责任督印：张　凯

出　　　 版：　 上海锦绣文章出版社

　　　　　　　 上海故事会文化传媒有限公司

POD 海外发行：　 中国图书进出口上海公司

　　　　　　　 电话：021–36357888

　　　　　　　 传真：021–36357896

　　　　　　　 地址：上海市虹口区广中路 88 号

　　　　　　　 邮编：200083

海外 POD 发行版本　　　　　　　　　　　**版权所有·不准翻印**

目　　录

有了精神上的痛苦,肉体的痛苦变得不足道了。因为精神的痛苦是肉眼看不见的,反倒不容易得到人们同情。

山村风流事

丑 汉 遇 艳

　　赣西北的一个山旮旯里,有个小村庄,叫做苦竹坳。村里有个李石匠,长得牛高马大,肥头大耳,一脸的滚刀肉,像个屠夫,脾气又暴烈,都三十四五了,媳妇还不知在东南西北哪只角。

　　这天,他扛着一把镢头上山,想挖几只竹笋,炒腊肉下酒。当他翻过一个山坳,穿过一片竹林,朝一处山窝窝里走去时,透过密密麻麻的竹叶,发现瀑布旁边,有一团白晃晃的东西,好像是一个人躺在那儿。他心里一惊,连忙奔了过去。

　　他跑到跟前一看,不由得惊呆了:只见一个俏模俏样的姑娘,枕着一头瀑布似的秀发,浑身一丝不挂地仰卧在草地上,两眼紧闭,好像是睡着了。她的身旁,还放着一张没画完的铅笔风景画。

李石匠活了三十多年,第一次见到女人的躯体。霎时间,他的眼睛鼓得像田螺,心口"咚咚"跳,嗓子眼发梗,梗得几乎透不过气来;他手脚乱颤,却怎么也挪不开步子……他想:莫非是做梦? 要不就是仙女下了凡?

但是,他马上就发现不对头,姑娘的衣裤七零八落地扔在四周,额角上青了一大块,下身的草地上,还流了一摊血。顿时,他吓出了一身冷汗:哪里是做梦? 更不是什么仙女下凡,分明是遇上了奸杀案! 天晓得这姑娘是死还是活? 如果死了,得保护好现场,赶快去报案;倘若没咽气,则救人最要紧。

李石匠走近前,用手在姑娘鼻孔上一试,好像没了气,再摸摸她的心口,心脏却还在"扑扑"跳。他当机立断,随手扯过两件衣裳,胡乱地给她遮了羞,然后抱起姑娘,撒开双腿,飞步流星地朝山下奔去。

经过医生的紧急抢救,姑娘终于脱了险。姑娘名叫陈春宁,家住山那边的陈家村,高中毕业以后没考上大学,回乡务农已经好几年了。这姑娘平时言语不多,很文静,却有一个特别的嗜好,闲来无事时,喜欢独自钻到幽静的山林里去溜达,随身还带着画本和铅笔,见着什么好花好鸟好景致,便着意把它描下来,虽然比不上店里挂着卖的那些画儿,看上去倒也活灵活现。这天她特意到山背这道瀑布,没想到被三个流窜的歹徒盯上了,他们暗中尾随在她身后,趁她聚精会神描画的当儿,猛地扑上去将她击昏在地,惨无人道地轮奸了她……

几天后,一个身上拾掇得清清爽爽的中年妇女来到苦竹坳,她是春宁姑娘的母亲。春宁出事后,连大门都不愿出,她母亲只得自己提了一只老母鸡,代女儿向李石匠谢恩来了。

李石匠十分热情地将春宁娘请进屋，又是让座，又是敬茶，忙得手慌脚乱。他虽然只比春宁娘小七八岁，却一口一个"伯母"叫得不得了的亲热，那股殷勤劲让不明内情的人见了，还以为是春宁救了他，而不是他救了春宁。

春宁娘将那只老母鸡恭恭敬敬地递给李石匠，李石匠用手一挡，笑嘻嘻地说："伯母，这老母鸡我是无论如何也不会收的，留着您自己滋补身子吧。往后说不准我给您添麻烦的日子多着呢！"

春宁娘见他高低不肯收，心里很过意不去，便十分诚恳地说："您是我女儿的救命恩人，有什么用得着我们的地方，尽管开口就是，只要能做到……"

"能做到，能做到，"李石匠就等这句话，"伯母，不知春宁姑娘有对象了么？"

春宁娘轻轻地叹了一口气："这些年提亲的人门槛都踩得断，可春宁总是说她爹死得早，弟妹们又小，想多在我身边帮几年，没想到……唉——"说到这，她又深深地叹了一口气，撩起衣襟，一个劲地擦眼睛。

这会儿，李石匠那张滚刀肉的脸，忽然泛起了猪肝色，变声变调地说："伯母，您别难过。我有句话在心里憋好几天了。"说着他使劲咽了一口口水，说，"您看我这出门一把锁、进门一把火的日子多难挨呀，要是您老不嫌弃，就认我一个女婿吧！反正嘛，春宁姑娘身上那些我不该看的地方，那天我都……"说到这，他咧开大嘴，只是"嘿嘿"地傻笑。

春宁娘不由打了个愣怔，说："承蒙您看得起，不过婚姻大事要女儿自己作主，光我做娘的答应也没用，待我回家跟她商量商量，日后再回您的话吧。"

李石匠嘴里说着"行行行"，头点得像鸡啄米，然后像送丈母娘一样，一步一弓腰，一直将春宁娘送出了村口。

其实,刚才春宁娘说那话,不过是个缓兵之计。她想:尽管我女儿被坏人糟蹋了,可也轮不到你这个屠夫样的人来娶她呀。她在回村途中就暗暗打定主意,赶快到那些曾来求过亲的人里挑一个青皮后生,尽早让女儿嫁出去。

但她万万没料到,当她托人去提亲时,以前那些围着女儿打磨磨的小伙子,如今一个个像篓子里的泥鳅,溜的溜、缩的缩,谁也不沾边了。上门来提亲的有倒是有几家,可不是驼子就是瘸子,要不就是离了婚或死了老婆的鳏夫。挑来拣去,李石匠倒是条件最好的一个了。春宁娘这才意识到问题的严重性,暗自庆幸那天没有一口回绝李石匠,要不然女儿的终身大事就更麻烦了,看来只有嫁给他了。

可是春宁哪会同意这门亲事呢? 她痛不欲生,几次想一死了之,可又不忍心抛下亲娘和弟妹们。生性懦弱的她架不住母亲那泪水涟涟的哀求,终于把心一横:反正这辈子没好光景了,认命,一嫁百了吧!

元旦这一天,新娘子进了村,把迎亲队伍都搞乱了阵脚,敲锣的掉了锤子,点鞭炮的烧伤了手指。为啥? 大伙儿的眼珠子都好像让新娘子给勾住了。春宁委实长得俊俏:苗苗条条的身段儿,高高隆起的胸脯儿,乌溜溜的长辫儿,深幽幽的大眼儿,鲜嫩得像滴水的鹅蛋脸儿,腮边上两只甜甜的酒窝儿,简直要把画片上的电影女明星都给比下来。好多人暗暗替春宁惋惜:要不是失了身,无论倒轮顺轮,也轮不到李石匠跟她拜堂成亲呀!

老光棍娶上了新媳妇,那个乐哈劲就别提了。白天不说,光是半夜里,李石匠都常常爬起来拉亮电灯,贪婪地盯着身旁躺着的这个天仙般的美人儿,一个劲地傻笑。有些人虽然当面恭维他福气好,却又不咸不淡地说上一句:"你媳妇漂亮是漂亮,可惜是个'处理品'。"他听了一点也不恼,反而乐哈哈地说:"'处理品'有啥不好? 能用就行呗! 你没见商店里那些处理品,俏得很,不找路子还买不到哩!"

可是有一天,李石匠脸上的笑容骤然消失了……

流 言 四 起

李石匠不是三岁小孩,为啥一下变了脸呢?

原来,他成亲不到一个月,村里就冒出了不少闲言碎语,说有人看见春宁趁他出门打石的机会,躲在后山上的树林里跟别的男人幽会。起初李石匠还不太相信,以为是别人闲得无聊,故意拿他开心,后来风言风语越来越多,说得有鼻有眼的,他这才回过头来。一想,发现是有点不对劲:春宁嫁给自己以来,虽然家务事做得井井有条,可她那嘴角上的两只小酒窝像是摆样的,从未给自己盛过一丝笑意。特别是当自己搂着她过夫妻生活时,尽管她顺顺从从,眼窝里却总是盈满了泪水,那可怜巴巴的样子,就像一只任人宰割的小羊羔。要是心里没装别的男人,哪会是这个样子呢?不过李石匠毕竟没抓着凭证,又不便发作,只好窝着一肚子闷气。将心比心,他脸上还笑得起来么?

却说村西头有个胡篾匠,同李石匠是无话不谈的知心朋友。一天晚上,李石匠心里实在憋得难受,想吐吐心头的闷气,便向他家里走去。

胡篾匠与李石匠虽是同年同庚,长相却截然相反,清清瘦瘦,一副精精干干的样子。他见老朋友来了,像往常一样,叫老婆临时炒了几个菜,从橱子里拿出一瓶"浮云特曲",与李石匠对桌而饮。李石匠一声不吭,只是提起那瓶烧酒,一杯又一杯地往嘴里倒。

胡篾匠见他像只闷葫芦,不由得担心地问:"老兄,你好像有啥心事?"

李石匠"咕噜"一声,又灌了一杯:"你听见啥闲话吗?"

胡篾匠支支吾吾:"没、没听说啥呀。"

李石匠的巴掌在桌上猛地一拍,说:"你他妈的真不够味!别人还说你我是割头换颈的朋友,连这样的事情都瞒着我,什么鸡巴朋友,屁!"

胡篾匠被他骂得十分尴尬,连忙交心交肺地说:"唉,老兄,别发火吵,我又不是聋子,哪里会听不到? 我是怕老兄听了心里难受。"这时候,他才不得不告诉李石匠:那些闲话并非谣传,他有一次去后山砍竹破篾,就曾亲眼看见春宁跟一个陌生男人躲在树林里,搂在一块亲嘴……

李石匠听到这里,哪里还坐得住,"嚯"地一下站起来,把筷子往桌上一摔,扭头便走。

胡篾匠追到门外连喊几声,李石匠连头也不回,胡篾匠只得无可奈何地摇摇头,返回了屋里。

李石匠火气冲天地跑回家,掀开被窝,一把将春宁揪了起来。从梦中惊醒的春宁,不知发生了什么事,满面惊慌地望着李石匠。

李石匠刀眉倒竖,怒目圆睁,高声吼道:"好哇,你个忘恩负义的'处理品',竟敢偷人养汉! 我不在家时,你到山上跟别人干了些什么? 说!"

春宁的脸"唰"地一下变得惨白,不知是气的还是吓的,全身一个劲地打颤,嘴角抽搐了半天,才迸出三个字:"你瞎说……"

"啪"只听得一声脆响,春宁被李石匠一个耳光从床上扇到了地上。她挣扎着爬起来,觉得嘴里涌起了一股黏糊糊的东西,用手一摸,满巴掌都是血。

她"呜"地一声哭起来,双手捂住脸,发疯似的从屋里冲了出去。

李石匠一愣:莫非她去寻短见? 不可能,当初她被流氓"开了苞"都没舍得死,现在更不会。准是到娘家去告状。一个寡妇,怕个屌!我一肚子火气正愁没处出呢。到头来她还得自己扯篷自己落,服服帖帖回家来。想到这,李石匠把大门一拴,爬上床倒头便睡,一会儿就鼾声如雷了。

弱女夜告

李石匠没猜错,春宁正是到娘家去告状。

她借着星光在羊肠小道上狂跑,路旁的树枝不时地抽打着她,她一点也不觉得痛;茅草中的藜蒺不时地划破她的衣裤,她一点也没察觉,只是一个劲地往前奔。

当她磕磕绊绊地跑到娘家时,屋里黑漆漆的,母亲和弟妹们都已睡下了。母亲听见敲门声,爬起来拉亮电灯,开门一看,只见女儿衣衫零乱,披头散发,脸上血迹斑斑。母亲一时吓慌了,结结巴巴地问:"宁子,出、出啥事了?"

春宁一头栽进母亲怀中,"哇"地一下放声大哭起来,哭得身子一下一下地抽动。

春宁娘连哄带劝,好容易才使女儿止住哭,听她把事情的经过说了一遍,自己也气得连话都说不出来了。她连忙打来一盆热水,亲手帮春宁擦干脸上的血迹。当下决定,如果李石匠不上门赔礼道歉,就让女儿长期在家里住下来,再也不回去了。

春宁洗好手脚,脱下脏衣服,钻进被窝,这才觉得又累又乏,眼皮直打架,一会儿就睡着了。

不知过了多久,朦胧中她觉得好像有人在摇自己,睁开眼睛一看,是母亲。原来母亲一直端坐在床前。

她奇怪地问:"娘,你怎么还没睡?"

"宁子,妈有句话……不知该不该说?"

"娘,瞧你,在我面前有啥话不能说呀?"

"不知你、你自己有没有啥地方不、不检点……"

"怎么,你连自己的女儿都不相信?"

"不……不是这个意思。"春宁娘连忙申辩。她从橱里取出一套干净衣服,递给女儿:"你穿起来。""干吗?""妈送你回去。""什么?"春宁简直不相信自己的耳朵,"难道我们怕他不成?""不是怕他。"春宁娘叹了一口气,"要是你今晚不回去,李石匠那张比茅坑板还龌龊的嘴巴,啥话会说不出? 如果在村里传开来,往后你怎么做人……"

不等母亲说完,春宁从被窝里猛地坐起来:"身正不怕影子斜,让他去说好了!"

母亲固执地摇摇头:"可你跟别人不一样,做姑娘时就失了身子……"

春宁颓然地瘫倒在床上,眼泪像泉水一样涌出来,悲声喊道:"难道那是我的过错?"

春宁娘也满脸泪汪汪,八串珠子散了线:"那不是你的过错,可是你年轻,还不懂……宁子,娘求求你,看在救命恩人的份上,让让他,还是回去吧,只怪我们母女俩命苦……"

春宁听了这些话,再也不说什么,只是默默地穿好衣服,下了床,拔腿就往门外走。春宁娘打着手电筒追出来:"等等,娘送你回去。"

春宁惨然一笑:"我就不相信,天底下这么大,会没个说理的地方。娘,你别操心了,我到乡政府找妇女主任去!"说完,她一把夺过母亲手中的手电筒,一扭身就钻进了夜幕之中。

春宁敲开妇联余主任的门时,已经半夜过后了。余主任年纪四十挨边,是个麻利泼辣的妇女干部,她听春宁把情况一谈,十分同情她的遭遇。她抬腕看看表,一把拉起春宁的手,齐刷刷的短发往脑后一甩:"反正下半夜了,也睡不安稳,走,找他算账去!"

李石匠被一阵急促的敲门声惊醒,开门一看,见是满面怒容的余主任陪着春宁回来,心里不免有些发怵,连忙赔着笑脸把她俩迎进屋内。

余主任一进门就放起了连珠炮:"好你个李石匠,还有点人味么?打起老婆来就像打石头一样。你看看,人家细皮嫩肉的,被你糟蹋成啥样了?俗话说,捉贼捉赃,捉奸捉双,你说春宁有外遇,有啥根据嘛?"

李石匠吭吭哧哧地说:"村里人都这么说……"

"屁!"余主任狠狠地朝地上啐了一口,"你就相信那些爱嚼舌根的人?告诉我,是谁这么说,我找他去。"

李石匠本想把胡篾匠给端出来,但他是个讲义气的人,觉得不能出卖老朋友,所以那些话在舌头上拐个弯又咽了回去。再说,他觉得妇女主任的心总是向着妇女,即使说出来她也未必会相信。清官难断家务事,跟这些干部还是少纠缠为好。于是,他就勾着脑袋不吭气。

余主任见他一声不吭,以为他认了错,口气便软和了许多:"你呀,娶了这么个俊俏的媳妇还不知足,要是换了别人,疼都疼不够哩,哪还舍得打呀?往后可不能这样啦!"

李石匠巴不得她即刻就走,只是鸡啄米似的点头。余主任见调解成功,说要到村里一个熟人家去打个盹,便向他俩告辞。走到门口又返回来,亲切地拍拍春宁的肩膀,说:"你丈夫打人是不对的,不过你也得看到他的优点,他敢于冲破世俗观念的偏见和你结婚,也是不错的。你自己往后同别的男人接触时也要尽量注意影响,免得别人说闲话,你说对啵?"

春宁没想到余主任会各打五十大板,心里不知是啥滋味,鼻头一酸,眼泪又涌了出来。

李石匠点头哈腰地将余主任送出门后,重重地将门一关,"呼"地一下转过身子,露出满脸凶气,一步一步朝春宁逼了过来……

虚 幻 情 人

李石匠一直将春宁逼到墙角,把她掀翻在地,用脚踩住她的胸口,厉声问道:"往后你还告状吗?"春宁紧紧咬住嘴唇不说话。"你还敢犟?"李石匠抵住春宁胸口的那只大脚往下一踩,春宁只觉得一阵窒息,五脏六腑像要裂开一般。她知道,只要李石匠再用一点力,她的胸肋骨就会断裂,这个世界也许就没她的份了……她艰难地吸了一口气:"你松松,我再也不告了……"

李石匠冷笑几声,伸出蒲扇似的大手,一把揪住春宁的头发,将她悬空拎了起来:"说,你在后山上到底跟谁亲嘴啦?"

春宁只觉得整块头皮被掀开了,悲怆地喊道:"我没有……"

李石匠猛地飞起一脚,狠狠地朝春宁的下身踢去。春宁"扑通"一声跌倒在地,痛得整个身子痉挛成一团,脸上霎时变成了死灰色,半天才缓过一口气来。

李石匠又将她一把拎起:"你今天要是不说出来,我就把你往死里踢。"说着,他抬起脚又对准了春宁的下身。

春宁一把抱住李石匠的腿,泪水从眼角滚了下来:"留我一条命,我说……"

春宁说,有一天李石匠出门打石去了,她把该做的家务事都做好,觉得日子实在难以打发,想出去散散心,就锁好房门,信步朝村后走去。她爬上一座小山岗,在一块大青石上坐了下来,习惯地把手伸进上衣口袋,便触着了一件硬邦邦的东西,摸出来一看,是半截没用完的铅笔。春宁望着这半截铅笔,犹如望见了自己被埋葬的青春。她不忍心再看,顺手将铅笔往远处一扔。谁料一个过路人刚好从大青石后面冒出来,"扑"地一声,铅笔头不偏不倚正好落在过路人的脑门上。春宁一下红了脸,连忙垂下眼睑向那人道歉。那人说了一句:"没关系。"声音虽然不高,却好洪亮好柔和。春宁不由抬头一看,眼睛蓦地发了亮——天呐,这个人分明在哪里见过。在梦里?在小说中?在银屏上?不是,都不是,哪儿也找不出这么一个英俊得叫她喘不过气来的小伙子:高高的个头,阔阔的胸膛。一张方脸有棱有角,两条剑眉英气勃勃,特别是那双黑亮的大眼睛,似乎一眼就能把别人的心看透……春宁长这么大,从未这么认真地打量过一个陌生男人。当她意识到自己失态时,脸上又飞起一片红云,连忙又低下了头。

小伙子开口了:"如果我没猜错的话,你就是陈春宁。"他笑盈盈地捡起那半截铅笔,"我希望你不要悲观,还像以前一样热爱生活。"

春宁觉得这个像从地底下冒出来的小伙子十分奇怪,便问:"你怎么知道我的名字,怎么知道我的从前?"

小伙子笑了笑,从挎包里掏出一张叠得整整齐齐的白纸,递给春宁。春宁展开来一看,全身的血液骤然加快,这是她做姑娘时画的一张铅笔画《山村的傍晚》,画面上是小桥流水、炊烟牧归,当时被乡文化站举办的农民画展采用过。她心里十分纳闷,这张画怎么到他手里呢?

小伙子告诉她,前不久他到乡文化站去赏画,一下就被这幅充满了山村野趣的铅笔画吸引住了。当了解到作者最近的遭遇以后,他心情久久不能平静,待画展结束后,便向文化站要下了这幅画,特意跑到苦竹坳找她来了。

春宁默默地将画递还给小伙子,百感交集地说:"谢谢你,不过我……

"你现在生活得幸福么?"

春宁的嘴角抽搐了一下,嗫嚅道:"我很幸福……"

"不,你的眼睛在告诉我,你一点也不幸福。"

春宁全身颤抖了一下,泪水又汩汩地流了下来。

"既然不幸福,为什么不重新开始呢?"

"重新开始,那怎么可能? 我是个已经结了婚的女人啊!"

"没有爱情的婚姻难道不应该解除吗?"小伙子突然伸出双手,稳稳地按在春宁的肩膀上,眼睛里闪烁着炽热的光芒,"快解除这不道德的婚姻吧! 我等你……"

"不,这不可能,我被流氓糟蹋过,我不配……"春宁的喊声是那么激动,却又是那样虚弱;她极力想挣脱肩膀上那双温暖的手,可那双手是那么有力,她一动也不能动。

小伙子一字一顿,似乎不是用嘴,而是用整个身心在说道:"在别人的眼光里,你也许一钱不值,可在我的心目中,即使你被坏人蹂躏过一千次,你依然纯洁无瑕。因为那不是你的过错。我一定要使你感受到一个少女真正的初恋……"

春宁像被一股巨大的电流击中,再也控制不住自己,身子晃了晃,软软地瘫了下去。小伙子张开结实的双臂,将她紧紧地拥进自己的怀里。春宁微微地仰起头,幸福地闭上了眼睛,小伙子俯下脸,向她那两片红润的嘴唇贴了过去……

李石匠听到这里,再也按捺不住了。他又当胸一把揪住春宁:"好你个贱婊子,那个家伙叫啥名字? 住在哪? 看我宰了他!"

春宁惊魂未定,浑身直哆嗦:"就在这时,树丛里一阵簌簌响,我想一定是被村里人看见了,就催他赶快离开。他连姓名都没来得及留下,就、就走了……"

"以后你还敢去找那个家伙啵?"

"不、不敢了……"

"量你也不敢!"李石匠边说边抡起巴掌,在春宁脸上左右开弓地扇起耳光来。起初,春宁还本能地躲避着,后来她好像连知觉也没有了,任其抽打。最后李石匠自己也打累了,便取出一瓶浮云特曲,喝了个瓶底朝天,又瞪着血红的眼睛,举起空酒瓶,狠狠地朝春宁的脑袋砸下去。

春宁没有躲避，只是下意识地闭上了眼睛，然而酒瓶却没有砸到春宁头上，而是"砰"地一声砸在地上，摔得粉碎。李石匠打了几个趔趄，扑倒在床上，立刻就烂醉如泥了。

惨淡的月光从窗外洒进来，春宁那青一块、紫一块的脸上，突然呈现出一种极其古怪的神情……

第二天，春宁同陌生男人躲在山上亲嘴的桃色新闻，经李石匠亲口证实，又旋风般地在村里传开了。于是，春宁便成了过街老鼠。往日，村里的小媳妇、大姑娘见了她，总是笑着跟她打招呼，可现在见了她，脸上都流露出一种鄙夷的神情，而且唯恐避之不及，好像会惹上什么传染病似的。起初，春宁见了人总是红着脸，连头也不敢抬，后来也许脸皮厚了，她竟敢泰然自若地从那些朝着她挤眉弄眼的人群中大摇大摆地穿过去，惹得好多人在背后直戳她脊梁骨，连以前对她屈嫁李石匠感到惋惜的人，也大骂她忘恩负义、不知羞耻。

尤其令人不解的是，自从她承认了与那个陌生男人的私情以后，她脸上竟有了春风喜色，比以前红润了许多，那双大眼睛总是含情脉脉，连走起路来脚步都变得轻快了，没有旁人在跟前的时候，她还会情不自禁地哼起流行歌曲来。

可是，有时她又会两眼茫然地瞪着天空，呆滞着出神，一发起呆来，不是忘了做饭就是让饭菜糊在锅里。李石匠不是傻瓜，他知道春宁的魂魄准是让那个男人给勾走了。他几次都举起拳头，想把春宁揍个半死不活，可是拳头还没落下去，春宁就挺身扬头，眼含泪而不悲，牙打战而不馁，凛凛而待。李石匠不得不承认：拳头已经对她失去了威力。

然而，李石匠不是傻瓜，他明白：如果不把那个男人找到，并且搞臭，自己的老婆就靠不住。他知道自从那天两人亲嘴被村里人发现以后，那个小伙子是不敢再到苦竹坳来的，但他必然不会死心。所以,李石匠苦思冥想,要拔掉这颗眼中钉。

办法终于想出来了。元旦这一天,是山下小镇上一年一度的大赶墟,李石匠断定那个小伙子必定会趁着这个热闹的日子到墟场上来寻找春宁的,到那一天只要把春宁带下山,便可逼着她在人群中把那个小伙子认出来。即使她装作不认识,那个小伙子也一定会主动上前跟她打招呼,这时候他便可以冲上去一把将他扭住,岂不就大功告成了?

眼下离元旦只剩下四天了,李石匠还要出山去打几天石。这一天出门时,他把几个窗户都用木头钉死,然后用一把大铁锁将屋门反锁上了。正在厨房里洗衣服的春宁闻声而出,气愤地质问他:“你怎么把我锁起来?”李石匠冷笑着说:“里面要吃有米,要喝有水,保险你饿不死。”

春宁愤怒地用拳头擂着门:“随便关人是犯法的,你知道么?”

李石匠哈哈大笑:“犯啥法? 打断的骨头买下的鸡,你死活都是我老婆,不把你锁住,又溜出去跟别人亲嘴怎么办? 乖乖地呆在屋里吧!”说着,他眼睛里射出一道凶光,“到元旦那天老老实实跟我上墟场去,要是你不在人群中把那个男人找出来,我就要你在墟场的大樟树下面示众,让四邻八乡都知道你是一个偷人精,看你还有脸见人啵?”说完,他背起钢钎铁锤,扬长而去。

三天后,李石匠回到了村里,打开门一看,屋里空空荡荡,连个人影都没有。他连喊几声,也没有回音。他心里一紧,眼睛往四处一扫,立即发现靠后墙的窗户已被撬开,肯定春宁是跳窗而走的。他气得大骂一声:“这个贱婊子!”狠狠地在桌上砸了一拳,却砸在一张信笺上,定睛一看,上面写着一行清清秀秀的钢笔字:我与他私奔了!

李石匠倒吸一口冷气,一屁股跌坐在地上……

揪 心 哭 诉

李石匠气咻咻地拿着那张信笺跑到乡政府,把乡干部一个个都找遍了。干部们对他很同情,表示要跟有关部门联系,帮助他把春宁追回来,并要把那个诱拐春宁的男人交给司法部门,依法惩办。李石匠回到家里时,电灯都已经亮了。

他正要烧火做饭,村里一个苗木专业户匆匆跑来告诉他一条重要线索。原来离村里十多里路的西北方向,有座海拔一千多米的越王山,遍山杂草丛生,是个人迹罕至的荒凉所在,只是近两年,这个苗木专业户在山上开垦荒山,试种了一些猕猴桃。山顶上有座尼姑庵,"文化大革命"前这里还住着一个老尼姑,后来红卫兵"破四旧",把她赶下山去,这座庵就破落了。这个苗木专业户就在破庵内用竹子搭了一张简易床铺,以备春后管理果苗时偶尔夜宿之用。他打算明年再扩大一些栽种面积,今天下午特意上山去选择地段。下山时天已断黑,走近破庵时,突然发现庵里有灯光。他心中好生奇怪:除了他,庵内从来没有人去住过,是谁把里面的马灯点燃了呢? 他蓦然联想起上午李石匠在家门口大喊大叫,说他老婆跟别人私奔了。这灯光会不会跟此事有关呢? 为了不打草惊蛇,他就没有进庵,飞快地跑下山报信来了。

李石匠听到这个消息,全身的热血一个劲地往脑门上涌。他断定庵内不是别人,而是春宁和那个男人。他俩准是防备近日内各交通要道会设卡查人,便跑到杳无人烟的越王山顶上暂避风险,待寻人风头一过,两人便可溜之大吉。李石匠马上跑到胡篾匠家去商量对策,胡篾匠把大腿一拍:事不宜迟,立即上山捉奸。

很快,一支由八九个强壮汉子组成的捉奸队在李石匠和胡篾匠的带领下出发了。几道手电筒的强烈光柱,划破了黑沉沉的夜空,天上飘起了雪花,天气冷得出奇,可是这些汉子们心里却像揣了一团火,个个摩拳擦掌,人人热血沸腾。尤其是李石匠,恨不得身插双翅,立即飞到山顶,抓住这对狗男女碎尸万段。

一个小时后,他们爬上了山顶,尼姑庵内的灯光还亮着。为了防备他俩逃跑,九个人分成三组,从三个不同的方向包抄上去。

李石匠带着两人蹑手蹑脚地走到正门前,从门缝里一望:只见一盏擦得雪亮的马灯挂在墙上,屋内拾掇得干干净净,正墙上还贴着一张亮晃晃的大红"囍"字。床上的那对狗男女,盖着一床平时连李石匠也舍不得拿出来用的大红缎被。此情此景,把李石匠的肺都气炸了,他猛地飞起一脚,将门踹开,冲进屋内,用力将大红缎被一揭……

可是,哪有什么奸夫?床上只躺着春宁一个人。她穿着出嫁那天穿的崭新衣裤,双眼微闭,双手交叉护在胸前,美丽而又苍白的脸庞显得十分安详,腮边的酒窝里还挂着一丝笑意……

李石匠怔了怔,又怒不可遏将她一把揪住,可他万万没想到拎起来的只是一具僵硬的躯体。春宁,她死了!人们惊呆了,一个个面面相觑:这是怎么回事哟?

死者枕边放着一只空药瓶和一封遗书。同来的汉子中,有个文化稍高点儿的,拿起遗书念了起来:

可恶的李石匠:

你是救过我,但又害了我,毁了我……

蝼蚁尚且贪生,何况人?重刑之下无硬汉,何况我一个求告无门的弱女子。在你的拳脚威逼下,我不得不编造出一个有声有色的艳情故事。然而,我自己却被臆想出来的"他"打动了,我发现就在"他"身上,有着我梦寐以求的东西。于是,在周围人鄙夷的白眼中,在你的拳脚下,我心里一次又一次地重温着这个故事,一次又一次地与"他"在冥冥中幽会⋯⋯

当你像以前那三个流氓一样蹂躏我的时候,我无力反抗,只求快快完事,只求快快入睡,我只要一合眼,就能编织出许多我与"他"的玫瑰之梦。有时我实在忍受不了你那野兽一般的举动,就只好把你当成臆想中的"他",以求解脱精神和肉体上的痛苦⋯⋯我深深知道,人不可在梦中生活一辈子;我更不愿意在元旦这一天,被你像赶牲口一样赶到圩场上去示众。于是,我只有带着臆想中的白马王子——"他",来到这高山之巅举行"我们"的婚礼,宁静地走向永恒的幸福⋯⋯

李石匠,你知道制造我谣言的祸根是谁么?就是你的同年老庚胡篾匠!你不在家的时候,他总是调戏我,多次遭到我的严词拒绝后,便生出了对我的诽谤之计。我几次想向你吐露实情,可说出来又有什么用,你会相信我这个你眼中的"处理品"吗⋯⋯

李石匠再也听不清下面还念了些什么,突然从胸腔深处迸发出一声狼嗥般的悲号,猛地朝胡篾匠扑了过去。人们厌恶地望着这对"知心朋友"在地上扭成一团。

这时,有人发现春宁护住心口的胳膊下面,压着一张纸片,抽出来一看,众人一齐惊叫起来,只见那雪白的纸片上,是一个用铅笔勾勒出来的头像:一张方脸有棱有角,两条剑眉英气勃勃,那双黑亮黑亮的眼睛,似乎能把人世间的一切都看穿⋯⋯

破庵外,呼啸的狂风正在撕扯着人世间的不平,大地用它的银装素裹,证实着这个弱女子的清白⋯⋯

(龙江河)

痴心地爱着一个你认为不值得爱的人，而又无法摆脱出来，那是最悲哀的，是最容易把一个人毁掉的。

痴情冷美人

美 人 之 谜

江南古城，有爿"黎明花店"，此店规模不大，却顾客盈门；此店不仅有各种奇花异草，更有一位引人注目的美人端坐在店堂账台上。

这女人姓冷名玉音，出身于教授之家，是花店会计。她平时懒于打扮，却偏偏有一种优雅的风度和高贵的气质，显得冰清玉洁、超凡脱俗。因为她平时不苟言笑，冷若冰霜，所以大家都称她"冷美人"。

冷美人今年已三十出头，她的丈夫名叫戈海元，是跃进无线电厂的装配工，是个体态粗壮、左眼眉梢上有道怕人刀疤的丑汉。但戈海元相貌虽丑，心肠却特别善良，所以他俩结合以后，虽无花前月下、卿卿我我的甜蜜生活，却也和和睦睦。冷美人从心里觉得，戈海元是个好人，作为丈夫，是无可指摘的。然而，冷美人自己也说不清楚，她对戈海元怎么也激不起爱的冲动，她似乎有满腹哀怨和隐痛，有时，她还会从睡梦中哭醒。店里细心的人常会发现：当店堂偶有空闲的时候，冷美人便独自坐在账桌边，手托香腮，默默发呆；有时，还泪光闪闪，轻声叹息。

冷美人已经有了一个女孩，这女孩不随父姓，却随母姓，取名"盼盼"。盼盼虽说已经十岁了，可是连话也不会说，见了生人会像只小老鼠一样逃得无影无踪。冷美人为什么给孩子取这个名字呢？"盼盼"，冷美人在盼望谁呢？

黎明花店经理，是位腰圆体壮、性格直爽、心地善良的老太，人称"河马老太"，她对名门出身的冷美人始终另眼相看。冷美人作为一个财会人员，工作任劳任怨，账目清清楚楚。河马老太年岁老了，想呈报上级，推荐冷美人作为自己的接班人，可偏偏就在这时候，冷美人神秘地失踪了。

冷美人一失踪，急坏了河马老太，她没等下班，就冒着蒙蒙细雨摸到冷美人的家里。爬上那又陡又窄的楼梯，推开房门，只见冷美人的丈夫戈海元和女儿正在吃晚饭。戈海元见河马老太进来，只微微点了一下头，让了让座，答了几句，就自顾低头扒饭。放下饭碗后，又忙着去焊焊接接、敲敲打打，干私活去了。而冷美人的女儿盼盼，见了河马老太就一闪身逃进里屋，再也不露面了。

河马老太被撇在一旁，好生没趣，只得站起身来告辞。戈海元这才放下手里的电焊工具，结结巴巴地说："三天后她会回来的。"河马老太问："她哪去了？""不知道。"

戈海元没有说谎，他确实不知道妻子哪去了。

冷美人只对戈海元说了一声"三天后回来",就离开家门,乘上轮船,又坐汽车,再沿着乡间小道,步行十余里,一路风尘,来到当年上山下乡的故土。她急急走到一片荒凉的野树林子里,辨别了一下方向,似乎已找不到她所要寻找的东西,突然她扑倒在一处已被雨水冲刷得坑坑洼洼的黄土上,大哭起来。哭了一会,她在旁边的青石缝里,发现一株尺把来高、细瘦得快枯萎的松树苗。她像发现了奇珍异宝一般,把它紧紧揽在怀里,发狂似的吻它,泪水竟像断了线的珍珠滴在树苗上。流了一会泪,她把小松苗轻轻挖了出来,又从那坑坑洼洼处捧了一兜黄土,用白纱巾裹着,然后走遍县城,才觅到一只白瓷花盆,把小松苗栽在花盆内,一路捧着,冒着蒙蒙细雨,在离家后的第三天傍晚,乘坐晚班轮船匆匆忙忙赶回来了。

只见她身上那件莲青色风衣下摆溅满了点点泥浆,一双乳白色的麂皮皮鞋成了泥鞋,两眼红肿,神情哀伤,拖着疲乏的脚步,摇摇晃晃地走进那阴暗潮湿、破旧不堪的简易楼房。她淡淡地对戈海元说了声:"我回来了。"戈海元抬眼看看她,也没追问她到哪儿去了,只说了一句:"你吃力了,去休息吧。"

冷美人望望面容憔悴的戈海元,轻轻叹了一口气,她没有马上去休息,却郑重其事地把栽着小松苗的花盆放到阳台上。

从此,冷美人几乎把全部业余时间都扑在那株小松苗上,每天浇灌,细心照料,痴痴地望着它,似乎在盼望它有朝一日开口说话。小松苗也好像颇解人意,蹿出碧绿的针叶,越发挺拔变壮了。

有天,冷美人还未下班,突然天空中乌云密布,狂风大作,飞沙走石,麻杆子雨直下得对面看不清人。冷美人想起小松苗还放在阳台上,赶紧夺门而出,直奔家去。她气喘吁吁地刚来到楼下,只听"哐当"一声,狂风吹开阳台门,把白瓷花盆撞跌下来,摔成了碎片,小松苗连根砸断了。冷美人顿时脸色惨白,像丢了魂似的呆呆地站着,任凭风吹雨打。

过了一会,她收拾起小松苗瓷盆的"残骸",走上楼去,见戈海元正坐在家里,专心地在焊接线路板,女儿盼盼偎在他的身旁,已经睡着了。

冷美人见这么一个大活人在家中,竟不知道关好阳台门,不知道照看一下花盆,顿时心头涌起一阵哀怨。但她没有大吵大闹,只是咬着下唇,抱起女儿,默默地走进卧室。

第二天,连晚饭也没吃,冷美人就带了女儿回娘家去了。

冷美人为啥千里迢迢到她当年插队的地方去弄来这么一株小松苗?而且那小松苗跌坏了,会如此哀怨呢?这真是个谜。

野 林 孤 坟

原来这株小松苗是冷美人情人的象征。说到冷美人的情人,故事还得追溯到十年前。

冷美人冷月英的情人叫阿松。十年前,在围湖造田突击队中,阿松赤着膊,袒露着结实的肌肉,在北方的数九寒天里,挥舞大锹,干劲冲天,一身男子汉的刚强气质。

突击队日夜奋战了两个多月,在宽阔的映山湖一角,终于用石块垒起了长长的圩岸。身穿军装的县委书记亲临祝贺,挥笔题了"反修大坝"四个大字,并令石匠刻上石碑,以作永久的纪念。

不料,石碑尚未刻好,这道石坝已在坍塌。阿松大吼一声,棉衣没脱便跳进冰水里,决心用身子挡住缺口。他向大家一挥手:"战友们,上!考验我们的时候来到了!"可是,站在湖岸上的战友谁也没有跟着跳下去。阿松浑身上下冻僵了,才被老乡们七手八脚拖上来。

这件事,在知青中传为笑谈,称他为"当代的堂·吉诃德"。然而就是通过这件事,冷玉音却暗暗对这位失败的英雄滋生出爱慕之情。

那时候，村里太穷，没有好房子，男女知青分成两组，分别住在南北两间坟堂屋里。死气沉沉的坟堂屋自打住进了年轻人，顿时充满了青春的活力，歌声不断，笑声不绝。

但没几年，歌声、笑声就渐渐沉寂了下来。又过几年，像潮水似涌来的知识青年，托人情、铺路子，一个个走了。最后，男知青里就剩下阿松光棍一条。他根正苗红，干起活来又舍得豁出命来，是县委书记亲自树立的"扎根典型"。为了捍卫上山下乡的伟大成果，谁也不敢冒天下之大不韪，把这先进典型连根拔起。女知青中也跑剩了冷玉音"小姑独处"，她的情况正好相反，是反动艺术权威的子女，身体娇嫩，却又自命清高，不能和贫下中农打成一片，还需继续改造世界观，所以被打入了另册。

命运就这样捉弄人，一个红得发紫，一个黑得发臭，空荡荡的坟堂屋里就只剩下了他们两人。

哪个少女不怀春，哪个少男不钟情，何况是朝夕相处，惺惺相惜。渐渐地，他俩口粮称在一起了，自留地连成一片了，一日三餐一起煮、同桌吃，感情上的依恋导致了肉体上的结合。

那是在远离山村的野树林子里，冷玉音把最珍贵的贞操交给了爱慕已久的阿松。她躺在散发着清香的芳草地上，枕着阿松结实的胸脯，倾听他心脏有力的搏击声，阿松轻轻抚弄她披散的秀发，他俩心中都充溢着难以言表的激情。在冷玉音眼中，阿松是天底下最勇敢、最英俊的男子；在阿松眼中，冷玉音是世界上最温柔、最漂亮的姑娘。他俩的结合应该是完美的、幸福的，为什么他俩就不能掌握自己的命运？他们不肯去公社革委会领结婚证书，因为这样做就意味着截断了返回城市的道路，一辈子要留在这穷乡僻壤，背朝青天脸朝黄土了。

他们不甘心，他们连做梦也经常在想城市里金碧辉煌的大剧场、平滑如镜的柏油马路。

机会终于来了！公安部门要招收一批武装警察，生产队长把阿松推荐了上去，大队、公社一路绿灯，都盖上了公章。不料就在发出调令的前夕，县委书记亲笔划去阿松的大名，让自己的儿子顶替了上去。

阿松气坏了，他抱了一大摞锦旗、奖状直闯县委书记的府邸。"啪——"把锦旗、奖状都甩到书记的桌前，并掏出红本本，把县委书记大公子的劣迹一桩桩、一件件摊在书记面前，并声明：要是三天之内不给他发调令，他将这些材料写成大字报，张贴在县委大院的门口。他这一着棋，是够厉害的。

县委书记微微一笑，说："年轻人，不要冲动嘛，我给公安局通个电话，让他们再增加一个名额不就行啦！"接着他就到里间打了电话。过了一会，突然书记的大公子带领全副武装的民警赶来，不由分说把阿松绳捆索绑押进了看守所。

阿松被押后，不审问，不判刑，每天一顿毒打，打得皮开肉绽，但他咬着牙不肯认个"错"字。有一天，趁着全县军民开会之机，阿松撸下手表，买通一个看守，逃了出来，藏在对湖的知青农场车库里。

晚上，一个尖下巴小伙子，偷偷地把冷玉音接过湖去。

冷玉音走进车库，只见满屋子烟雾腾腾，方桌上杯盘狼藉，门口一只满是血污的金毛大公鸡在扑腾蹦跳。原来这些哥儿们在歃血为盟，结成生死兄弟，打头的是阿松，他们一共八个人，准备远走高飞。阿松要冷玉音来，是为了对她说一句话："我要是能混出个人样来，就接你过去！"并且端起一盅山芋干酒，要冷玉音当众喝下去，表示愿意永远等他。

这几天，冷玉音常常恶心、厌食、四肢困乏，怀疑自己有了身孕，但她望着阿松期待的目光，还是把山芋干酒一饮而尽。

冷玉音没把怀孕的事告诉阿松，免得他远隔千山万水牵心挂肠。临别的时候，冷玉音抹下她父亲留下的唯一遗物——金壳怀表，用颤抖的双手把金表捧给阿松，好似捧出自己一颗热扑扑的心。

天亮之前，阿松带了这帮亡命兄弟绕道县城，砸碎了县委书记家一排玻璃窗，随后扬长而去。

第二天，全县张贴了通缉令，公安局成立专案组，负责人就是县委书记的那位大公子。

大公子一趟趟找冷玉音谈心，名义上是做知情人工作，实际上早就看上了她。他一踏进坟堂屋，就坐在床沿上，两只骨碌碌的老鼠眼睛盯住了冷玉音丰满的胸脯，露出不怀好意的奸笑。接着，他开出了条件，说只要冷玉音嫁给他，就可以脱了干系。冷玉音气得浑身发抖，还没等对方把话讲完，便冲出了坟堂屋。

一个孤苦伶仃的弱女子，能到哪里去栖身呢？冷玉音不知不觉又来到野树林子里，刚在大青石上坐下，身后突然闪出个人影。一看，竟是那天接她过湖的尖下巴小伙子。

冷玉音吃惊地问："咦，你怎么会在这里？"

"我不敢进村去，守了你三天啦！"小伙子说，"松哥要我还你这挂表！"

冷玉音见到挂表，心里一沉，忙问："阿松怎样了？"

小伙子哽咽说："松哥他……"

原来他们八个人历尽艰险，到达南方边境已身无分文，他们决定偷渡过海。尖下巴小伙子望着汹涌的海浪，胆怯了，想要返回家乡。阿松并不阻拦，取出怀表，叫他交还给冷玉音。

余下的七个人在泅渡时，被边防部队发现了，随着枪响，两条大狼犬紧紧追赶他们。眼看狼犬追到了身后，阿松突然一个鱼跃回过身来，扬起双臂把两条狼犬拦腰夹住了。渐渐地，阿松和狼犬一起沉进了茫茫的大海，周围漾起一片血水。

没等尖下巴说完，冷玉音便晕了过去，醒来后，她没有放声大哭，只是呆呆地坐着。尖下巴小伙子走后，她还在野树林子里坐了很久很久。她把金灿灿的怀表仔仔细细擦拭一遍,上足了发条,用洁白的手绢包好。然后,她在为阿松献出贞操的地方,用手指挖土,挖得指甲都出了血,才挖了个深坑,她在坑底铺上鲜花,放下金表,盖上黄土。又挖了一株小松树,移栽到了坟头上。然后双膝跪下,抱着小松树,放声痛哭起来。

阿松死后,他那音容笑貌一直在冷玉音的眼前飘悠,她肚子里小生命的蠕动也一天比一天激烈。那年秋天,连日细雨飘洒,天一直阴沉沉的,冷玉音孤零零地住在那又漏又湿的破屋里。这天天快亮时,她突然感到腹痛如绞,她明白那小生命要出世了。她不愿惊动乡邻,便忍着痛摸索着走出门,一脚高、一脚低艰难地朝前走着。腹痛一阵紧似一阵,痛得她天旋地转,冷汗直流,她用一块手绢塞进嘴里,拼命地咬住。她心里说:死也要死在她第一次与阿松幽会的野树林里。她终于翻过了乱石岗,走出映山湖,远远望见了埋藏阿松的野树林。一望见那片曾经把贞操献给阿松的野树林,她陡然增添了神奇的力量,跌跌撞撞冲到阿松的坟前。她尽管倒在坟前,再也站不起来,但却感到心中分外宁静和幸福。她觉得自己找到了最好的归宿,她在等候自己生命中最后时刻的到来。

一阵揪心的疼痛,使冷玉音昏迷了过去,可她还在轻轻地呼唤着:"阿松!阿松!"她似乎看到阿松向她走来了,把她抱上了小船,送进县医院。

等小孩生下后她才知道,救她的男人不是阿松,而是放鸭倌戈海元。

出院以后,她和孩子就在戈海元的鸭寮里住下了,而戈海元自己却蜷缩在拉上沙滩的赶鸭船里。她产后虚弱,戈海元就为她捕鱼、摸蟹,把最后一点细粮也省给她吃。她不下奶,戈海元抱着孩子一家家去求奶。不久,她终于和戈海元生活在一起了。

回古城后,冷月英虽然和戈海元一直和睦相处,但她怎么也忘不了阿松,而且几乎每天梦中都和阿松在一起。在阿松遇难十周年时,冷玉音决定去那遥远的野树林,到阿松的孤坟上去祭奠祭奠。坟已被雨水冲塌,以前移栽的松树也被老乡当作乱柴砍去,可是冷月英却发现了青石缝中有一株松苗。她认定这是阿松在天之灵知道她要来,特意幻化出来的,于是,她便把它捧了回来。谁知却因戈海元太麻木,小松苗折断了,她唯一的精神寄托又化成了烟云。一气之下,她走了。

黄 泉 人 归

可冷玉音走出家门,又踌躇了,她对同床异梦的戈海元,既同情又失望。戈海元上过科技大学,他利用业余时间,从垃圾堆里捡来废料,捣捣鼓鼓设计出一种新型的电子娃娃,可厂方却不屑一顾。后来被横塘乡一家乡办玩具厂看中了,汇来三千元奖金,不料就此惹下大祸,厂长下令追回奖金,还把戈海元作为盗窃分子通报全厂。冷玉音咽不下这口气,鼓动戈海元上告,可这个窝囊丈夫一封信未写成,又钻进了废料堆里。冷玉音问他,他只有一句话:"告状太花时间,有这工夫,我还能搞点新玩意儿出来。"冷玉音听了,啼笑皆非。她想:这事儿倘若换了阿松,岂肯罢休?冷月英和继母的关系是极其疏远的,下乡时很少通信,回城后也少来往。真不知这次回家会见到继母什么样的面孔。

冷月英带着女儿来到继母住的那座花园洋房,犹豫了片刻,才按响了门铃。来开门的正是继母,出乎她意外,继母见了她,先是微微一怔,接着甜甜一笑:"哟,是阿玉啊,巧了,我正要叫小璋去找你呢!"

冷玉音知道继母是甜在嘴上,开门见山地说:"妈,我想回家来住两天,可以吗?"

"瞧你说到哪里去了,自己家里有啥不可以!"边说边伸手挽住盼盼，更加亲热地说，"阿玉，瞧你又瘦多了，脸色也不好，索性搬来一起住吧，盼盼也有个照顾……"

继母一反常态，倒使冷玉音满腹狐疑，百思不得其解。正在这时，那个叫小璋的异母兄弟奔下楼来，送上一封信："阿姐，你的信，香港来的！"

冷玉音的目光落到信封上，看到那熟悉的字迹，脸色陡然惨白："啊——是他？"天啊，竟会是阿松！他明明在十年前葬身海底，怎么又会来信呢？

冷玉音手指抖动得不听使唤，她抖抖索索抽出信纸，一看上面写着的"亲爱的音音"，便失声痛哭了起来。

继母马上把楼上最好的两间朝南地板房让了出来，她把儿子准备结婚的用品全摆上了。

晚上，冷玉音靠在席梦思床上，把阿松的信读了一遍又一遍，眼泪像断线的珍珠，"巴嗒巴嗒"落在信笺上。

阿松告诉她，他没有忘记当年的诺言："我要是能混出个人样来，就接你过去！"如今他已开了一家实力雄厚的大公司，将驾着金马车来到她的身旁……

盼望了整整十年，终算被她盼到了阿松的音讯。冷玉音第一次发觉，她活了半辈子竟没有一个知心朋友，她那心灵的门户，对任何人都是关闭的，唯有对阿松敞开。

冷玉音看看身旁的女儿盼盼，盼盼伏在枕头上已经睡了，垂下细长的眼睫，落下两条阴影。女儿的脸型酷似阿松，宽阔的前额，紧抿的嘴巴，尤其这双眼睛。

冷玉音一把把盼盼揽在怀里，一边狂吻着，一边告诉女儿："盼盼，你爸爸要回来了！你爸爸要回来了！"

盼盼被弄醒来，她一脸惊恐地瞪大了眼睛望着这个发疯的母亲。冷玉音此刻哪会注意到女儿的惊愕，她恨不得立即插翅飞到阿松的身边。几天后，当她得知阿松已到广州，便把女儿留在继母家里,自己立即乘飞机赶了过去。

她终于见到了日思夜想的情人。阿松披着一件米色风衣,一身笔挺的白哔叽西装,阔边太阳镜,钻戒、金表,一副港商阔佬派头。他发福了,头发虽已开始谢顶,却是满面红光,在他身上再也找不到当年穷知青的丝毫影子了。

阿松一见冷玉音,立即叫了一辆银灰色豪华轿车,两人直往郊外一家僻静的宾馆而去。

两人踏进房间,阿松把冷玉音按在临窗的沙发上,眯起眼打量着她,说:"十年了,历尽沧桑,我俩终于又在一起。音音,你一点儿没有变,还是这样漂亮,莫非吃了长生不老的神丹妙药?"

冷玉音轻轻揉擦着困倦的眼睛,嘴里说了声"老喽",两眼盯着阿松,等待着他扑到她身上,发疯似的吻她,就像当年野树林里一样,吻得她喘不过气来。

可是阿松没有吻她,而是直起身子,走到落地窗旁,眺望着远处,点了一支雪茄,漫不经心地问道:"音音,听说你已结婚,有了孩子。那丈夫怎么样?听说是个普通工人……"说着嘴边挂着一丝讥讽的微笑。

这时候提起戈海元,冷玉音心中真不舒服。她撩起眼皮反问了句:"阿松,你呢?"

"唉!"阿松一声长叹,"曾经沧海难为水,除却巫山不是云。香港的美人儿是不少,而且各式各样的都有,可是我心中只有你……她们即使是貌似天仙,我也看作是夜叉恶鬼。""瞧你的嘴巴,还是这样的尖刻。"冷玉音嘴里这么说,心里还是挺舒服的。

"喏,你看。"阿松为了证实自己忠贞不渝,从票夹中取出一帧冷玉音的照片,边角已经磨烂了,"就是这帧小照,伴随我度过寂寞的长宵,安慰我孤独的灵魂。"

"你至今还没成家?"

阿松忧伤地点点头。

　　冷玉音叹了口气,然后转过话题,问起阿松当年偷渡的情况。

　　一提这事,阿松立即像十年前那样眉飞色舞,带着几分炫耀的口气说:"音音,你知道,我在农村养过狗,摸透了狗的脾气。狗也会游泳,而且游得很快,它们的鼻子特别娇贵,最怕淹到水里。而我却擅长扎猛子,于是我就运用'以我之长,攻其所短'的战术,夹住狼犬的身子,拼命压到水里。这样,矛盾的对立面就相互转化了,狼犬的优势变成了劣势……"

　　"那你到了香港,怎么也不给我报个信?"

　　"我还没有混出个人样来呀!再说,也怕连累了你。现在太晚了吗?"冷玉音深深叹了口气,说:"晚了。"

　　"唉,是我害苦了你。"阿松把烟蒂扔进痰盂,珍惜地把那帧照片仍旧夹进票夹,站起来极有礼貌地说,"你一路上辛苦了,早点休息吧!"说完,便躬身退了出去。

　　一连三天,阿松没有露面,冷玉音独守空房。

　　这天,阿松来了。他买来两张车票,说广交会上没有谈成生意,想回家乡看看,沿途欣赏欣赏内地的风光。

　　他们乘坐的是软卧包房,两人都是下铺。这趟车很挤,可是直到开车时刻,包房上铺的两个旅客还没赶到。阿松说:"正好,让我们独占一间。"

　　冷玉音说:"也许,他们在下一站上来。"

　　正说着,"吱"一声滑门拉开了,进来的却是女列车员,她扫了一眼两个空着的上铺,又查看了票板,嘴里嘀咕着,走出门去。阿松向她打听餐车在哪一节,也跟了出去。

　　不一会,阿松抱着一堆烧鸡、蛋糕、卤菜、香槟酒回来。冷玉音不会喝酒,但又不忍谢绝阿松的一再相劝,就喝了两小杯。阿松端起酒瓶子,一边喝,一边绘声绘色地讲他在香港的历险记,这些故事比他偷渡时和警犬搏斗更要惊心动魄。

　　"哈哈,大难不死,必有后福!"阿松得意洋洋地抖动着二郎腿，"要是不像唐僧那样历尽九九八十一难，我怎能在西天修得正果?"他拿出一叠彩照来:有他的公司，有他的公馆，有他的海边小别墅，有他的汽车……

夜已深了，窗外闪过星星点点的灯火。此时，他们的两个上铺还空着，看来不会有旅客来了。

阿松拉上滑门，上了插销，按住冷玉音的双肩，无限深情地凝视着她的眼睛:"音音，这世界只剩下我和……你了。"

冷玉音听了这话，眼前顿时浮现出那个不知在梦中出现过多少回的野树林，阿松的声音还是那样的柔情脉脉，还像十年前那样真挚、甜蜜。冷玉音沉醉了。她轻轻合上眼睛，好似又回到了十年前，躺在柔软的芳草地上，她久已干枯的心田，终于得到了甘霖的滋润。

冷玉音醒得很晚，一种幸福和满足感，让她觉得浑身酥软，阳光照到了窗前，火车还在风驰电掣地奔向前方，她还在细细回味着夜间的柔情蜜爱。这是梦吗? 这不是做梦，确确实实是死去十年的阿松又复活了。冷玉音不稀罕他是大老板，为她打造金马车，即使是身无分文的穷光蛋，冷玉音也会毫不迟疑跟他走到天涯海角。好像在哪本书上看过，"亲爱的，什么时候需要我的生命，来，拿去就是。"冷玉音觉得这句话说出了她的心声。从今以后，她要和阿松相守在一起，天崩地裂、雷打火烧，也不能把她和阿松分开。

阿松早就起身了，不在房里，冷玉音担心列车员拉门进来看出破绽，赶紧穿衣起身。阿松的上衣还挂在衣帽钩上，玉音怕他早晨受凉，搭在臂上，想给阿松送去。

走到门口，"嗒唧"一响，从阿松的上衣口袋里掉下四枚铜牌，冷玉音捡起一看，这铜牌不是用来换取车票的吗? 冷玉音环顾上下四个铺位，顿然明白了:原来阿松预先买了四张卧铺票，难怪上铺始终空着。

阿松为什么要对自己这样用心计呢？十年前，自己不早就是阿松的人了？冷玉音心里微微有些不快，觉得好像被人偷去了最珍贵的东西一样。

两 个 男 人

过了半个多月，冷玉音才去黎明花店上班。河马老太张着半尺来阔的大嘴巴惊叫起来："哟，你怎么又不告而别？你知道不知道，你男人病得死去活来。横塘有个姑娘天天打电话来，问你到底去了哪里。"

"啊！"冷玉音这才意识到，她还有一个合法丈夫。第二天，她就赶到横塘去了。等她走进戈海元养病的房里，只见一个姑娘坐在她丈夫床前，在暗暗擦眼泪。

这到底发生了什么事呀？原来，那天玉音带了盼盼离家后，戈海元一人在家苦干了一个通宵，等到红日高照时，他才歇手。他直起腰，刚想歇会儿，猛地想起.今天是盼盼的十周岁生日，他赶紧下楼去买生日蛋糕。他走到楼梯口，感到有点头晕，但仍大步向食品公司走去。等他买了蛋糕，已日头正中了，他疾步朝家里走去，不料走到楼前，脚下一滑，栽倒在地，脑袋重重地砸在阶沿上，立即人事不省了。

邻居们把他送进医院，经诊断是心力交瘁，加上饥饿疲劳，病势十分危急。厂方说戈海元干私活，搞资本主义才累垮身体，咎由自取，不但医药费不予报销，住院期间还停发工资。

这时，人群里走出一位脸色微黑、柳眉大眼的姑娘。此人，就是富有传奇色彩的农民企业家杨云侠。一年前，她极有魄力地买下了电子玩具的发明专利权，如今是"贝贝玩具公司"的经理。她挥手叫了辆银灰色豪华轿车，接了戈海元，直往横塘而去。

　　冷玉音听说丈夫为了给女儿买生日蛋糕险乎丧命,她的心颤抖了。作为亲生母亲,她早把女儿的生日忘得一干二净,而他,一个后父却牢牢记着。一股感激、愧疚之情,促使冷月英抢步上前。撩开纱帐,只见戈海元直挺挺地躺在床上,脸如蜡纸,眼窝深陷,痛苦地呻吟着,声音十分急促,冷玉音不由得失声哭泣起来了。

　　"嫂子,"那姑娘轻轻劝慰着,"戈师傅已脱离了危险期。刚来时才吓人呢! 乡党委老书记也守在他的床前,下命令要不惜一切代价,把他抢救过来。现在已经好多了,就是想念嫂子和孩子。"

　　这时床上发出了轻微的梦呓:"玉音,盼盼十岁的生日,别忘了……蛋糕。"冷玉音心抖了。

　　戈海元呻吟着说:"玉音,我要他们别告诉你,你怎么赶来了? 盼盼呢?"

　　冷玉音坐到了他的身边:"盼盼没有来。下回,我一定带她来看你。"

　　"别……别……路太远。"戈海元努力想抬起身子。

　　冷玉音赶紧按住了他:"痛得很厉害吗?"

　　"我……没什么,"戈海元牵动嘴角,费力地笑了笑,"只是可惜了……那大蛋糕……"

　　"蛋糕,我回去给盼盼买。"冷玉音声音哽咽着,泪水滴到了戈海元的手臂上。

　　这一夜明月皎皎,冷玉音就跟那个农村姑娘合睡在一张铺上。冷玉音知道她就是鼎鼎大名的杨云侠后,直称赞她,可杨云侠说:"我有什么能耐啊! 要没有戈师傅,就没有公司的今天。就凭这一条,我们公司养他一辈子都不为过,我侍候他一生一世,也心甘情愿……"大概她意识到说漏了嘴,丰腴的脸上"倏"地涨起了红潮。她往冷玉音身上一靠,轻轻地说:"嫂子,你真福气！谈谈你们的罗曼史吧！"

冷玉音不由长叹一声，便把她和戈海元结合的经过告诉了杨云侠。

第二天，冷玉音从横塘回来，没有去继母家，直接回到那好些日子没人居住的简易楼房里，她坐在床沿上，望着积满灰尘的房间，呆呆地沉思着。想着前段时间，阿松带她去会客、赴宴，要她穿上袒胸露肩的时装，戴上珠光宝气的首饰，甚至抹唇膏、涂眼圈，还堂而皇之给人介绍说："这是我的太太。"冷玉音平时虽然最讨厌这种恶俗的打扮，对这种社交场上的应酬、寒暄也很不习惯，但是一碰到阿松哀求的目光，她就屈服了。为了阿松，她不厌其烦地学会这一切，并且强打笑容奉陪到底。

阿松住在古城最豪华的宾馆里，经常要冷玉音去幽会。尽管当她经过服务台时，总是满脸通红，紧张得气都透不出来，但是只要阿松一个电话，几句甜言蜜语，哪怕是刀山火海、阴曹地府，她也会跳进去，她没有力量拒绝阿松的任何要求。

有天太晚了，阿松喝了酒，来到她继母家中，坐在她房里不肯走，还当着盼盼的面，对她做出亲昵的动作，无论她怎样苦苦哀求，阿松都不肯放过她，还是在她房里住了一夜。

第二天，冷玉音瞒了阿松，去横塘探望她的合法丈夫。她陪伴戈海元整整一天，帮他擦身子，她想尽到一点妻子的责任。但返回古城后，她又要在灯红酒绿的交际场上扮演阿松"太太"的角色。一个女人，要周旋在两个男人之间，要以不同的面目出现，真难啊！冷月英在体力上劳累不堪，在心理上也忍受不住，如何能改变这样的局面呢？

这天，冷玉音带了女儿从横塘回来，一进那简易楼房的房间里，发现阿松竟坐在那儿，似乎已等得极不耐烦了。近日来，冷玉音见他心情不好，处处顺从他，夜深了，也不敢催促他返回宾馆。她只求讨得阿松的欢心，顺从地和阿松上床睡觉了。

睡梦中,冷玉音仿佛发觉房里有点动静,接着有人蹑手蹑脚摸到床上来,她的心几乎跳到喉咙口,惊慌地问:"谁?"

"我。嘻,还是把你吵醒了。"冷玉音已听出是戈海元的声音,她恐惧地往里缩成一团。就在她不知如何是好时,突然"啪"一声,房间里的灯拉亮了。

拍 卖 女 奴

戈海元往床上一看,骇得叫了起来。他见妻子身旁竟躺着一个光了身的男人,正是这个男人拉亮了电灯,而且攒起眉峰,满面恼怒地瞪住他。

戈海元站在床前,像遭到雷击似的僵立不动,他两只拳头捏得"咯咯"响,两眼喷火,眉毛上那道怕人的刀疤几乎渗出血来。

冷玉音骇得急叫道:"海元,你不能碰他!"一听妻子说出这话,更激起了他的气愤,他扑到床上,一把把那光身子男人提了起来。

阿松似乎对应付这种场面很有经验,他不惊不慌,竟然露出洁白的牙齿,微微一笑:"朋友,别冲动,容许我自我介绍一下,我就是盼盼的亲生父亲……"

一听这话,戈海元呆住了,举起的铁拳慢慢地放了下来。阿松急忙披上外衣,点燃一支雪茄烟,摆开了从容谈判的架势,说:"在这种情况下,和我的'继承者'——阁下认识,实在不恭之至。既然在这床上给你抓到了,我还有什么话说。认啦!阁下爽爽快快开个价吧!"

戈海元莫名其妙地问:"开价?"

阿松喷了一口烟,说:"哈,你这小子装啥糊涂!我是自投罗网的冤大头,你尽可以狠狠地敲一下。怎么样,够大方吧!"

听了这话,冷玉音的心,好像被人猛地捏了一把。她好似成了古罗马市场上的女奴,眼睁睁地看着卖主和买主在讨价还价,把她当场拍卖。她怎么落到了这样的下场？奇耻大辱封住了她的喉咙，使她开不出口，她甚至不敢抬起眼皮看一眼这两个男子。

戈海元没有开口，脸却惨白得吓人。

阿松见戈海元不出声，便催道："朋友，你想好没有？只要你不太贪心的话，我会满足你的。"

戈海元好不容易才从鼻孔里喷出两股粗气，狠狠地横了他一眼："我什么都不要！"

阿松大出意外，他"喔"了一声："怎么，你是无代价转让罗？"

"这要看——"戈海元费力地咽着唾沫，"我和你都应该尊重玉音自己的意愿。"

冷玉音听戈海元这么说，不由心中涌起一股暖流，她眼含泪水，感激地望了他一眼。

阿松却"哈哈哈"一阵狂笑，说："这不是明摆着吗，你亲眼目睹她跟我睡在一起，完全是心甘情愿的，该不是我强迫的吧！"他边说边扬起手臂，把冷玉音搂进了怀里。

当着丈夫的面，冷玉音竟一点没有挣扎，也不想挣扎。她觉得即使成为阿松脚下的奴隶，也是无比幸福的。阿松是她的主人，她只能俯首帖耳，不敢有任何的违拗。

她陶醉在阿松暖烘烘的怀抱里，两个男人在谈些什么，她再也听不见了。突然，她发现身后有两道雪亮的目光向她射来，惊得她身子直竖起来，回头一望，原来是盼盼。

盼盼光着脚站在门边，一双黑白分明的眼睛瞪得大大的，死死地盯着冷玉音。冷玉音顿时感到背脊上一阵强烈的寒颤流遍全身，直穿脚底心。

盼 盼 出 走

在两个男人中间，冷玉音终于作出了抉择：和阿松结合，是她梦寐以求的毕生心愿;现在终于如愿以偿了。她好像越过茫茫无际的沼泽滩,双脚终于踏上了坚实的土地上。但她所感到不安的是对不起戈海元,她感到欠了他太多太多的情,这辈子是偿还不清了。

女人的心是敏感的。冷玉音两次去横塘,看到"贝贝玩具公司"经理杨云侠对戈海元温顺体贴、一往情深。她心想:也许这个女人更适合做戈海元的妻子,他俩有共同的理想、共同的事业。她暗暗祝祷着,但愿戈海元也有一个幸福美满的新家庭。

解除婚约并没有费什么周折。只是戈海元在离婚书上签字时,脸色灰白,两颊抽搐,浑身颤抖不止。他瞪大了泪雾蒙眬的眼睛,几次都没有找到签字的地方。冷玉音看了心如刀绞,恨不得扑上前去,折断笔杆。可是,她不能割舍朝思暮想的阿松,只得转过身子,用手绢捂住了泪眼。

总算,这一切都过去了。剩下来的事,是她和阿松举办婚礼。冷玉音并不爱慕虚荣,但她坚持要把婚礼办得热热闹闹。她要包下松鹤楼的"鸳鸯厅",把当年一起插队的哥们、姐们一一请到,花店同事、三亲六眷、左邻右舍都要到场。她要请大家作证,她跟阿松的婚姻是合法的、光明正大的,就此和过去的偷情生活彻底告别。她多么渴望在明媚的阳光下,和自己心爱的男人佩戴着鲜红的绢花肩并肩站在一起,迎接纷至沓来的宾客,堂堂正正地接受他们的祝贺。她是个女人,应该得到女人的一切权利:丈夫、孩子、美满的家庭生活。

冷玉音从松鹤楼定了酒席回来,心里感到甜蜜、踏实,只盼望婚期早早来到。

不知怎么,她又想起盼盼雪亮的目光,立刻不寒而栗。结婚那天,该把孩子放在哪里呢?

一想到盼盼,她总觉得欠了她什么。孩子至今不会说话,不像其他孩子那样活泼、快乐,这与她这个做母亲的有很大关系。

她觉得再不能对孩子这样冷漠,应该给她更多的温暖,于是特意绕到食品公司门市部,以最高昂的代价,买了一只大蛋糕。

玉音拎了大蛋糕走到盼盼房里,可房中空无一人,问邻居,都说没看见。她惊得手足无措,一筹莫展,忙给阿松挂电话,阿松在电话里只回答了轻飘飘的三个字:"丢不了。"冷玉音恳求阿松回来一起寻找,阿松推说正在谈一笔生意,分身不开。

冷玉音感到十分苦恼,她觉得要是弋海元在家中,决不会让她一个人东跑西颠的,他一定比她还要着急。盼盼小时候多病多灾,哪一次不是戈海元背着翻山越岭去找医生。现在戈海元走了,她连个商量的人也没有。

冷玉音又一次强烈地感到:她在世界上多么孤单,她没有一个朋友,没有一个知己。

能找的地方都找遍了,还是不见盼盼的影子,冷玉音慌了,预感到盼盼肯定出了事。

当初怀盼盼的时候,在绝望中,她曾乱服了不少打胎药,可胎儿没打下,却给这个柔弱的小生命留下了恶果,孩子一出世,就病魔缠身,迷迷痴痴。可现在,因为只顾忙着自己的离婚、结婚,把盼盼当作小狗小猫撇在一旁,太不关心啦!要是盼盼有什么不幸,她也不想再活下去了。

冷玉音拖着疲惫不堪的脚步回到家里,阿松已经睡着,发出安稳而又平静的呼噜声。

看到阿松平静地呼呼大睡,冷月音心里陡然生出一丝希望:莫非盼盼已经找到了?她赶紧奔进盼盼的房中,只见床上还是空空的,被子折得方方棱棱,上面搁着绣花的小枕头。一丝希望破灭了,冷玉音抱着小枕头伤心地嘤嘤哭泣起来,一直哭到东方发白。

天一亮,她没去惊动仍在酣睡的阿松,决定再去寻找。才走下楼梯,她听到有传呼电话,赶紧慌乱地奔过去,一把抓起电话。

电话是戈海元从横塘打来的,他万分激动地说:"盼盼在我这里,刚到。孩子摸黑在公路上走了整整一夜……"

玉音手捏听筒,呆住了。这里到横塘,足有七八公里,盼盼这样一个柔弱无知的小女孩,她是怎样一步步地走下来的?冷玉音仅仅带她去过一回,她又是怎么认识这道路的?真是奇迹!不可思议的奇迹!

"玉音,盼盼开口说话啦!喊我'爸爸'呢!"戈海元在电话里说得又响亮又急促。果然,电话里传来了女儿稚嫩的声音:"爸爸!"

冷玉音只觉得天旋地转,心中已承受不下这巨大的喜悦。她紧紧地捧住听筒,生怕掉落在地,会砸落了女儿的小生命。她对着话筒大喊道:"盼盼,妈妈给你买了大蛋糕,你喊一声妈吧!"

"爸——爸!"还是爸爸。冷玉音发呆了:莫非她摸黑走一夜,就为了喊声"爸爸"?

歇 斯 底 里

冷玉音把盼盼的下落告诉了阿松,可他却长长地打了个呵欠,懒洋洋地说:"我早知道丢不了。要真是……"

玉音当然懂得阿松的"要真是"是什么意思,她知道阿松不喜欢这个女儿,看作是累赘。刚才,戈海元却在电话里恳求他们,把盼盼暂时留在他那儿,他一定好好照看。冷玉音征求阿松对这事的意见,阿松听了仰头大笑道:"哈哈,真是天下第一号大呆瓜!"他马上兴奋地跳下床铺,"索性送给他就是罗!我还担心难以脱手呢!"冷玉音觉得荒谬已极:"亏你想得出来,盼盼是我和你的女儿啊!"

"那有什么,"他又把冷玉音揽在怀里,连连地吻着,"我和你不算太老,何愁不能再生个活泼天真的小天使呢?像我这样刚强,像你这样漂亮。我们三位一体才能组成美满的小家庭。噩梦醒来是早晨,我们向往的是明天,让痛苦的昨天不留一点痕迹地流逝吧!我们将来的生活要像一支欢乐的歌,不要夹杂一个不协调的音符……"果然,阿松温存的男中音像款款的清泉在耳畔流淌,密集的热吻像雨滴似的落到了冷月音的脸上,冷玉音的心溶化了,她再也无法抗拒,只得默默同意了阿松的要求。

在整理盼盼的衣物时,冷月英音泪光盈盈,强忍住了抽噎。这些年来,盼盼的东西都是戈海元添置的。实际上,他早就又做爸爸又做妈妈了……

阿松见冷玉音呆呆沉思着,就挽起衣袖,帮忙整理:"快抓紧时间,免得夜长梦多,他中途变卦。"

他从盼盼的床底下拖出一只重甸甸的木条箱,一脚掀翻,玩具摊了一地。突然他脸色煞白,惊叫一声:"啊,这是什么?"

这是一个破烂的电子娃娃,是戈海元用废弃的电子元件拼凑起来的,就因这项设计得到了三千元奖金,害得戈海元戴上了盗窃分子的帽子。

"对,就是它! 就是这魔鬼打败了我!"阿松竟会控制不住感情,全身瑟瑟打颤,歇斯底里大发作,捧着这破娃娃,捶胸顿足地干嚎了起来。

开始,冷玉音被阿松像着了魔似的大发作惊呆了,听了他的叙述才知道,阿松在香港开办的公司,就是专做儿童玩具的生意。他经销中国传统玩具,引进各国的电动玩具、光学玩具、遥控玩具……买卖愈做愈大。可是最近,他却被一种高智能的电子娃娃夺去了市场,一打听,竟然是从内地销入的。他这次从香港赶来,目的就在于摸清情况,研究对策。

他是个十分精明的生意人,顺藤摸瓜,从广州到古城,终于在横塘小镇上,找到这家雄心勃勃的玩具公司。公司还在初创阶段,规模不大,设备不全,工人的工资更是低廉,阿松凭自己的经济实力，完全可以把整个公司"吃"下来，变为他在内地的制造基地。偏偏他碰上了个不好缠的刺儿头，那就是公司的女经理杨云侠。这个女人狂妄至极，反过来竟要求阿松的公司在香港销售产品，变为他们的销售部。谈判陷入了僵局。

真是祖宗有灵，"山穷水尽疑无路，柳暗花明又一村"，原来设计高智能电子娃娃的人竟和他有着如此微妙的关系！阿松认为，从那天晚上在冷玉音房间里的事，到戈海元顺顺当当地同冷玉音离婚的较量中，戈海元不过是个窝窝囊囊的蠢家伙，他阿松可以不费吹灰之力，就能把他捏在自己的手掌心里。到那时，只要使出这釜底抽薪的妙算，就不怕那个态度强硬的女经理不俯首就范！

想到这里，阿松禁不住发疯似的"哈哈"狂笑起来，笑得冷玉音莫名其妙，胆颤心惊。

痴 情 无 情

阿松权衡再三，已经胸有成竹。这时，冷玉音正在为盼盼缝衣服，他走过去，紧挨着她的身旁坐下，选择了一个切入话题的最佳角度，柔声地说："音音，我想跟你一起到横塘去，看看我俩的女儿。"

冷玉音听到这话，感到十分意外，她捉摸不透他的态度为何如此变幻莫测。难道他回心转意，对女儿又有了感情？

她抬起头来，见他两眼噙泪，忏悔地说："我冷静想想，把你们母女俩活活拆散，骨肉分离，也许有点……太残酷了。"冷玉音感动了。她想：盼盼毕竟是他的亲生骨肉，即使是养熟的小狗、小猫，丢弃了还舍不得呢！何况自己的孩子。于是又萌发出希望，她惴惴地问："你不同意戈海元把盼盼领走？"

"不不，我哪能这样自私呢？戈海元对这孩子是深有感情的。十年来，和孩子朝夕相处的是他，而不是我这名义上的父亲。盼盼私自出走，在黑沉沉的公路上摸索了一夜，就为找他这个爸爸嘛！而我算什么，我什么时候尽过一点儿做父亲的责任呢？"

阿松愈说感情愈激动，而不知怎么，冷玉音却想到十年前他痛哭流涕地控诉修正主义的毒害、感激涕零地歌颂革命路线的样子，他到底要把盼盼怎样安排呢？

冷玉音好像陷进了云海雾罩之中，她茫然地问："阿松，你心里到底打什么主意，痛痛快快摊出来吧！我把一切都交给你了，难道还能不依从吗？"

"这……"阿松有些狼狈，心虚地避开了对方晶亮的目光，支支吾吾地说，"我、我……甚至认为，我俩离别十年，我把你从戈海元的身边夺走，也是……不道德的。音音，也许我和你都过于冲动了……"

冷玉音一听这话，好似一瓢冷水朝她当顶浇下。她一把抓住了阿松的衣袖，急急地问："你是说，我不该和戈海元离婚，我还应该去当他的妻子？你是……"

"戈海元爱你很深很深，也许比我深得多。"阿松的声音缓慢又沉重，微微颤抖着，铁石人儿也能被打动心肠，"音音，你太纯洁了，我是进过大染缸的人，私生活并不像我自己表白的那样纤尘不染，香港就是这样的社会，有什么办法呢！我确实是……配不上你啊！"

玉音发疯似的紧紧抱住他："不不，你不是这样的人！你是我的阿松，我了解你，信任你！难道你忘得了那坟堂屋、野树林……"

坟堂屋？野树林？阿松如五雷击顶，顿然呆住了。确实，即使在他生命的最后一刻，他也不会忘怀那情那景，这是他一生中最美好的时光，恐怕今后也不会再有了。"啊，坟堂屋，野树林……"

这一刹那，阿松甚至决定抛开自己肮脏的计划，抱住自己心爱的人痛哭一场，让泪水来冲刷他污臭的心灵。但是，这个想法仅仅在他脑海里一闪而过，使他哑然失笑。他已不是十年前的阿松，几经浮沉，能爬到现在的地位，谈何容易！笑话，岂能为了区区一个女人，坏了一世宏业？回想刚到香港时孑然一身、流落街头的情景，他至今仍不寒而栗。难道还能再过那样的生活吗？

阿松感到自己的血肉之体化作了坚硬的岩石，无论是冷玉音的痴情，还是对往昔的怀恋，都不能动摇他实施计划的决心。他深深地倒吸了口气，泪水果真涌了出来："音音，我在这世界上最最对不起的，只有一个人，便是你音音。我至今不是爱护你，还是在伤害你。你们原来一家生活得挺平静，挺安宁，为何要在九泉之下冒出个'我'来呢！我不忍心拆散你们，不忍心欺负老实巴交的戈海元同志，而是真心诚意想拉他一把。"

冷玉音惊讶地瞪大眼睛："你想拉他一把？""我想让他到香港去，我可以为他提供最优越的条件。"

"海元决不会去香港当雇员。"

"留在内地也可以嘛！他帮助我设计产品，算我公司特聘的设计师，报酬一定高于现在的十倍。我马上为你们造一栋花园洋房……"

"哦，"冷玉音终于摸清了阿松的意图，"为了让海元服服帖帖受你驱使，你就可以把自己的老婆拱手让人？"

"我们不是还没结婚吗？"阿松笑嘻嘻地望着冷月英，眼光不禁移到了她丰满的胸脯上，"再说，你仍旧可以当我的情妇嘛！"

"情妇？"冷玉音听到这两个字，好似万箭刺穿了心肺。她等候了整整十年，朝朝暮暮，日日夜夜，眼也望穿了，心也揉碎了，原来盼到了一个"情妇"的名份。

阿松这种甜腻腻的目光，使冷玉音打了个冷颤，想起了那个色情狂大公子。

　　自此以后,冷月音一直摆脱不了这种联想,阿松的热吻和拥抱不但不能激起她心中的柔情,相反,简直成了难以忍受的苦刑。

　　冷玉音不会像别的女人那样大吵大闹,但她也不会随同阿松去说服戈海元。她知道,即使去了,也无论如何说服不了他的。

　　阿松在她家住了不少日子,施尽浑身解数,还是没有达到目的。在香港方面连连催逼下,他无可奈何只得接受杨云侠的条件,代销贝贝公司的高智能电子玩具。

　　冷玉音终于把阿松送上车站,平平静静地挥手告别。她知道阿松再也不会回来了,这一回,她的阿松死了,确确实实死了。

　　阿松走了,冷玉音仍然在黎明花店上班。可她变得面容憔悴,眼睛没了光泽,眼角出现了显而易见的鱼尾纹,乌发中夹杂着几茎银丝,她一下子衰老了,因为她心中那盏明灯熄灭了。她已不是人人瞩目的冷美人,而只是一个普普通通的花店女会计,一个比过去更"冷"的女人。

　　一天,下班的时候,冷玉音在路上默默地走着。一队队少先队员打着队旗,敲着铜鼓,从她身旁经过。她从街心的横幅上,方才醒悟到,这天是六一国际儿童节。她不由自主地跟随着孩子们走进了街心公园,在儿童游乐场前停下了。

　　突然,冷玉音在一群孩子中间看见了她的女儿盼盼。盼盼在"登月火箭"的木栅栏旁又蹦又跳,她那黑白分明的眼睛还有些呆滞,还有些胆怯,却不再有恐惧的阴影。远远望去,她和发育正常的女孩几乎没有什么区别。

　　戈海元手拿两张粉红色的门票挤了进来,收票员坚持要戈海元父女俩先坐上"火箭",并向大家解释说,这里所有的电动玩具,都是这位总工程师同志设计并捐赠的。在一阵热烈的掌声中,戈海元却羞红了脸,讷讷地说不出话来。

登月火箭腾空起飞了。盼盼紧张地搂住海元的脖子,既兴奋,又害怕,她高声叫着:"爸爸! 爸爸!"

突然,女儿的眼光一闪,投射到了冷玉音身上,但她似乎已经不记得自己的亲生母亲,脸上没有任何惊喜的表情。

冷玉音觉得自己的心儿即将蹦出胸膛,她不敢再看下去了,鼻子阵阵发酸,汩汩的泪水从眼眶里突涌而出。

她和亲生的女儿、曾经的丈夫,近在咫尺,却又好像隔着万丈深渊。她也想紧紧地搂住女儿,和她一起飞往蔚蓝的天空,和她一起欢笑。

但不可能了,完全不可能了! 失去的,无法追回;也只有失去以后,方觉得无比珍贵。

周围的人都回过头来注视着这个哭泣的女人,冷玉音只能捂住脸庞,缓缓地走出儿童游乐场。

孩子们嬉笑声落到了身后,她踏上了那长长的林荫路,独自一人默默地往前走去……

(冬　苗)

深藏的奸诈会渐渐显出它的原形;罪恶虽然可以掩饰一时,但免不了最后出乖露丑。

海角情

情 侣 失 踪

八十年代一个深夜,在香港中环天星码头上,有一老一少两个男子,正紧张地盯着维多利亚湾的海面。那年轻的叫卢静伟,中等身材,体格健壮,浓眉俊目,他是香港"爱华实业公司"的总经理。站在他身旁那一位身体消瘦、头发斑白的老头,是他的叔父卢刚。此刻卢静伟情绪很不平静,每当看到海面上出现摩托快艇时,情绪立即激动起来;可是当这些快艇驶过码头,远远而去时,他就露出了哀伤的神色,甚至,眼角边还淌下了泪水。

那么,卢静伟在盼谁呢? 他为什么这样不安和哀伤呢?

　　原来,卢静伟原是大陆某省城一所体校的教师,又是个以"快马"著称的足球中锋。他母亲早丧,父亲卢阳在香港定居多年,与弟弟卢刚各自创办实业公司。一次,卢阳去摩纳哥蒙地卡罗洽谈生意时,一时兴起进了赌城,一周之内竟输掉了三百多万美元。他愧悔交加,竟跳楼自杀了。

　　父亲死后,卢静伟的未婚妻情文希望卢静伟把遗产转回大陆,但他叔父卢刚劝他来香港继承父业,再展宏图,并愿意鼎力扶持。卢静伟经过反复思考,还是听从了叔父的规劝,以"继承遗产"为理由,一年前申请来到了香港。

　　卢静伟乍到这灯红酒绿的万国商埠,犹如坠入云雾之中,几乎分不清东南西北。他没搞过经济,父亲留下多少遗产也弄不清楚。幸亏他叔父说话算数,一方面积极帮他盘点账目,一方面在事业上全力相助,千方百计让卢静伟出头露面,树立威信。他出资帮助卢静伟在家乡建造了"思乡桥",还把自己爱华实业公司总经理的头衔让给了卢静伟,让卢静伟回乡参加剪彩仪式。当卢刚知道卢静伟在省外贸部门工作的未婚妻情文单位要扩建幼儿园时,卢刚拿出了自己的二十万港元,以卢静伟的名义出面捐赠。按卢刚的话说:"自己老了,快去地府报到了,不如让后一辈多抛头露面,树立青年人的威信。"在卢刚的支持下,卢静伟频频参与社交活动,一年多的工夫,便成了一位海内外知名的年轻的爱国实业家。

　　大陆经济改革开始后,卢静伟未婚妻情文的所在单位,利用"小钱柜"设立了"粤发公司",公司经理要情文写信给卢静伟,求他帮助联系一批丰田面包车。卢静伟收到信后,就去问卢刚。卢刚一听,立即表示:"支援大陆四化建设,我们责无旁贷!我去给你联系日本客商。"

　　不久,情文将公司的一百五十万美元汇到了卢静伟的爱华实业公司。卢静伟立刻通知叔父卢刚,卢刚就把款转给了事先已经商定好的日本商人藤尾正郎,由他代办。谁知这个藤尾正郎回日本后,期限一拖再拖,购车之事如石沉大海。

卢刚气愤地对卢静伟说:"糟糕!我们受这日本仔的骗了!"可是大陆这边,倩文单位粤发公司的经理,却气愤地认为是卢静伟这个不法港商欺骗了他们。因此,他责令倩文立即追回外汇。倩文急坏了,她只得一封接一封写信给卢静伟。

接到倩文这一封封催款的信,卢静伟和卢刚都心急如焚:东洋之大,何处去觅那化了名的藤尾正郎?叔侄俩纵有三头六臂,也束手无策。卢刚气得长叹一声:"唉,我一生经商,屡历风尘,还未见过如此奸诈的骗子!"

哪料屋漏偏逢暴风雨,就在这紧要当口,大陆打击经济罪犯的斗争开始了。卢静伟听到这消息,急得寝食不安。他连连叫苦道:"倩文这回不死也要掉一层皮了!"想到他俩以往如胶似漆的感情,卢静伟愁得禁不住哭了。

卢刚见侄子愁成这副样子,十分同情,他长叹了一口气,说道:"如果倩文被捕,判个十五到二十年徒刑,等刑满后,岂不成了老太婆?"卢静伟焦急地说:"那让倩文赶快申请到香港来吧?""傻孩子,她有案子在身,还能申请得到出境护照?""那怎么办?"卢刚用手托着下巴,闭着眼睛想了半天,坚决地说:"与其坐以待毙,不如偷渡来港!"

卢静伟听说让倩文偷渡,顿时大摇其头。因为现在不同往时,偷渡者要被警方反解回大陆,收容者要受牵连,所以这种非法入境手段已很少被人采用了。但卢刚说他有位姓林的老朋友,是位警长,他愿帮忙。

卢静伟觉得有警界的要人出头,事情会万无一失,便发信叫倩文按他和卢刚预定的策应方案偷渡过来。

谁知现在过了约定时间这么久,仍不见倩文到来,怎不令卢静伟揪心呢!

正当卢静伟焦躁不安时,一个身穿警服的瘦高汉子匆匆跑来,只见他额上冒着豆大的汗珠,神色十分慌张。卢静伟一看,这不是贞刚的朋友林警长吗? 他顿时心往下一沉,预感大事不好,忙问:"林警长,怎么……"

林警长告诉他:"偷渡的快艇驶到公海,接下倩文和几个偷渡客,一路无事。谁知,进入东博寮海峡不久,就遇上了水警船的追捕。快艇开得太快,失去了控制,翻了。"卢静伟一听此话,心猛地抽搐了一下:"那倩文呢?"林警长无奈地摇了摇头:"不知下落。"卢静伟急得上前摇着林警长的肩膀,带着哭腔喊道:"你事先不是保证过万无一失吗?""唉,做这行我从未落过马,可谁知今夜上司突然亲自下船督班,你让我有什么办法? 我这是回天无力呀!""唉——"卢静伟悔恨地用拳头往自己脑袋一捶,无力地倚在栏杆上。

义 妹 撩 情

未婚妻倩文失踪后,卢静伟情绪一落千丈,他整天精神恍惚,茶饭无味,他的叔父卢刚见了很担忧。这天,卢刚过来安慰他说:"静伟,俗话说:谋事在人,成事在天。我看倩文也真命苦,你也不必如此哀伤,世上除了倩文,难道再没有别的女人? 天涯何处无芳草,你觉得雅梦这姑娘怎么样?"

一提到雅梦,卢静伟就想起自己刚从大陆来香港不久时,曾见过她一面,她是卢刚的干女儿。在卢静伟的印象中,雅梦是一位年方二十的妙龄少女,她披肩长发上箍着一顶半露的遮阳帽,苹果脸蛋白里透红,一双眼睛好似秋波荡漾,犹如两个深不见底的清潭,加上施上浓淡适宜的高级化妆品,愈显得秀中有雅。她身穿一件雪白的紧身运动衣,一条白色短球裤,一双波士顿网球鞋。乍一看,就像一位凯旋的网球选手,显得分外健美洒脱,别具风采。

卢刚见卢静伟沉思不语,便向他讲起雅梦的身世。

雅梦的父母原是香港青山道木屋区的贫民,一场深夜火灾,使年仅十五岁的雅梦失去了双亲,幸得卢刚收养了她,认她作义女。几年过去了,年纪轻轻的雅梦担起了重任,经常穿梭于日本、泰国、香港之间,替卢刚接洽业务,催讨货物或款项。

自从那天卢刚对卢静伟谈了雅梦的情况后,卢静伟便嘱咐雅梦陪卢静伟去到处走走,替他排闷解愁。于是,雅梦就陪卢静伟到宋城、海洋公园、虎豹别墅、跑马场、万佛寺、黄大仙祠等游览胜地游玩,千方百计地逗他开心,可他依然紧锁愁眉,闷闷不乐。

这天,卢静伟与朋友踢完足球,回卧室取了衣服,就到浴室去洗澡。他走到浴室门口,见乳白色的小门紧闭着,抬手敲了敲,见没人应声,就轻轻一推,原来门是虚掩着的,于是就走了进去。谁知一抬头,只见雅梦正在水龙头下淋浴,无数条细细的水丝在她身上溅开朵朵水花,卢静伟愣住了。雅梦听到声音,本能地用手往胸前一抱,转过头来,见是卢静伟,惊恐的表情才消失。她瞪着那双顾盼风流的眼睛,启齿一笑:"我以为是谁呢?原来是静伟哥。"

卢静伟第一次面对一丝不挂的女子,雅梦那雪白的肌体、富有弹性的曲线,他一下子神魂荡漾,一股欲火"嗖"地升了上来,他不由自主地趋前了一步。雅梦从卢静伟的举动中意识到了什么,便关上水龙头,闭起眼睛,静等着接下来将会发生的一切。

但卢静伟走到雅梦面前时,突然心猛地一震,一种犯罪感油然而起,他刹住脚步,用拳头狠狠地捶了一下自己的脑袋,一个急转身便出了浴室。

谁知他一出门,正好撞见叔父卢刚,卢刚用狐疑的神情问道:"呵,你们是——""不!不!"卢静伟知道卢刚话中的含义,慌得又是摆手又是摇头,急得连话也说不出来。雅梦见他这般模样,急忙将大浴巾把身子一裹,快速走进更衣间去了。

卢刚见卢静伟这副尴尬的样子,便拍了拍他的肩膀,和蔼地说:"静伟,别不好意思。你们名属兄妹,但毫无血缘关系。如果你俩能结合,倒正合我意。""不! 不!"卢静伟红着脸,羞赧地说,"叔父,你千万别乱说。我心里只有倩文……""唉,一个多月了,还没听到她的消息。"卢刚有点忧伤地说,"你要等她多久?""有多久,我就等多久。""十年呢?""等十年!""三十年呢?""等三十年!""唉,看你,痴情得有点傻戆。三十年后,青春已逝,你也成为老翁了。夜晚沉船,我看倩文早已葬身鱼腹了。"说完,摇头叹息着走了。

叔侄俩的对话,雅梦在更衣间里听得清清楚楚。卢静伟不爱自己,她伤心得啜泣起来。自那天后,她一改谈笑风生的性格,即使是与卢静伟同桌吃饭,也只是默默地低着头,对卢静伟不理不睬。卢刚把这一切都看在眼里,为了填平这对年轻人感情上的鸿沟,卢刚决定让卢静伟和雅梦一起陪他去泰国洽谈一笔大米生意。

河 中 遇 险

泰国的风光,确是迷人:尖尖的佛塔,高高的棕榈,寺院古色古香,芒果郁馥清香……最令卢静伟惊异的是:卢刚带他和雅梦在曼谷看的一场"人妖艺术团"的演出。听卢刚说,台上那一个个如花似玉的女郎,竟全是施了阉割术的男子。

这一天,卢刚带他俩沿着湄南河散步。此时,骄阳当空,热风炙人,一丛丛鲜红色的罂粟花频频颔首,显得娇媚妖艳,湄南河上泛着一层金红的碎波。

卢刚高兴地提议道:"这里的风景太美了,咱们下水游个泳吧!"

满身汗迹的卢静伟看到这诱人的河水，恨不得立即跳下去游个痛快，可又有点犯难："叔父，我可没……没带游泳裤呀！"卢刚眯起了眼睛说："静伟，你愁什么，雅梦早为你准备好了。"

只见雅梦从蓝色的行兜里取出一条鲜红似火的尼龙游泳裤，递给静伟说："我们每次到泰国来，都要游几次泳的。"她边说边脱掉上衣和短裙。里面已穿好了一件比基尼泳衣。那蛋黄色的"三点式"，使她那嫩滑的皮肤显得更加雪白丰腴了。

卢刚也换上了一条黄澄澄的尼龙游泳裤，对静伟说："静伟，快换裤吧！"

卢静伟换好泳裤，三个人下了水。卢刚跟他俩游了一会儿，就气喘吁吁地上了岸。他倚在一株弯得贴地的老树干上，摇着头说："唉，人老真不中用，游了几下，就喘不过气来了。"

雅梦用手攀着垂落河面的老藤，两眼望着一百米外的河中小岛，咬了咬牙，像下了决心似的："伟哥，我们比赛吧，看谁先游到小岛去。""好。一、二、三！"卢静伟喊完口令，就伸展双臂，箭一般向小岛游去。

在卢静伟登上小岛时，雅梦才游了五分之四的路程。不知是心理原因，还是其他缘故，她十分紧张，猛地觉得小腿一阵疼痛，"啊呀"一声，人就沉下水去。

卢静伟见雅梦溺水，急忙跳进河里，凫到她身边，拖住她的手臂，把她救上小岛。经过按摩搓揉，雅梦抽筋的小腿才松弛下来。她仰躺在草地上，四肢散开，显得十分疲惫："伟哥，我的肚子很饿，怕没有力气游回去了。""不用担心，叔父那边有蛋糕和可口可乐，我去取来给你吃。"卢静伟说完，又一次扎进水里。

一会儿，他一手举着食品，一手划水，朝小岛游来，这回游的速度明显降慢。忽然，他看见上游有个黑褐色的东西向自己冲来。"啊，鳄鱼！"卢静伟大吃一惊，急忙丢了食物，挥动双臂拼命向小岛游去。鳄鱼加快速度追了过来，顿时，湄南河上一场生与死的角逐赛开始了。前边，双臂双脚，拼命划着；后边，张开大嘴，凶猛追逐。距离越来越近了，在即将到小岛岸边时，鳄鱼终于追上了，它张开血盆大口，对着卢静伟的左腿噬去。卢静伟急忙把身子一转，正想闪过，但小腿的肌肉已被鳄鱼犀利的牙齿咬住了。卢静伟眼快手快，一下子拉住小岛边垂到水中的古藤，趁着鳄鱼呼气之机，猛地飞起右脚，朝着鳄鱼的眼睛踢去。这一脚，似有千钧之力，"啪"地踢中了鳄鱼的眼睛，痛得它张大了嘴巴，痛苦地翻了一个滚。卢静伟乘势把左小腿一收，一个"引体向上"，就顺着古藤攀援上去。待鳄鱼惊魂稍定，要报这一脚之仇时，卢静伟已经离水面而去，它只得悻悻地绕古藤游了一圈，最后把身子一缩，沉进绿波，向远处潜去。

雅梦坐在草地上，看着这惊心动魄的一幕，惊得樱桃小嘴张得大大的，久久没有合拢。

深 夜 告 密

从泰国回来，卢静伟的情绪依然忧伤消沉。这天夜晚，他躺在床上，又在为倩文的下落暗自伤心，忽然，传来一阵轻微的敲门声。卢静伟警惕地问："谁？""我。"门外回答的声音很轻，但卢静伟已听出是雅梦。

自从浴室相遇后，卢静伟与这个干妹反而在心灵上多了一堵墙，泰国之行，仍不能消除隔阂。卢静伟想：夜深了，她来敲门干什么？他想到电视里不少男女半夜偷情的风流事，便没好气地说："雅梦，有什么事，明天早上再说吧！""不！不！你快开门，明天早上我要离开香港了。快，快开门！"听得出，门外的声音虽然很轻，但十分坚决。

卢静伟只好起来，穿上衣服。刚打开房门，雅梦就像一个幽灵，闪身飘了进来，又随手把门带上了。卢静伟见她鬼鬼祟祟的样子,责备道:"你这是干什么?"他觉得深更半夜,孤男寡女,关起房门多难堪!正要去把房门打开,雅梦却把身子往门上一靠,把门给堵住了。

卢静伟从窗口洒进的黯淡的路灯光中,看到雅梦披肩的长发有点蓬松散乱,上身穿一件红白方格相间的弹力运动衣,把她的乳峰高高地勾勒出来,下面是一条"金龙牌"牛仔短裤,脚下拖着平底拖鞋。她那双秋水般的眼中,流露出难以捉摸的神态。

卢静伟语气生硬地问:"你来干什么?"雅梦说:"你叔父又派我去泰国洽谈第二批大米生意,明天早上六点钟我搭飞机启程。""你去就去呗。""在去之前,我有些事情要告诉你。""什么事情?""你知道你父亲是怎样死的吗?"

雅梦这么问,卢静伟感到莫名其妙,他随口回答:"叔父不是说我父亲是在蒙地卡罗赌输以后,跳楼自杀的吗?""不!我怀疑是你叔父害死的。"

卢静伟的心猛地一震,他简直不敢相信自己的耳朵,一种渴望探知内幕的心情油然而生,他急忙追问道:"你有什么证据吗?""证据?这……这……"雅梦支吾着,但她仍以坚定的口气说道,"那次,你叔父是与你父亲一道去蒙地卡罗的,我可以肯定他从中搞了鬼。"

听雅梦这么说,卢静伟没有作声,只是蹙起眉头,眼睛呆呆地望着窗外,好久好久,他的心绪才平静了下来,摇摇头说:"不会吧?你说话无凭无据。再说,叔父和我父亲是亲兄弟,关系历来很融洽,怎会下此毒手呢?""唉,你真是太幼稚了。为了钱,有些人什么手段都用得上的。"雅梦的声音有点凄戚,也有点愤懑,"伟哥,你知道吗?你叔父和静业明天要害死你呀!"静业是叔父的独生子,前几天刚从美国回来。

这话犹如晴天响起了惊雷,震得卢静伟瞪大了眼睛,像泥塑木雕一样。好久,他才清醒过来,讷讷地问:"你不是在说笑话吧?""真的,伟哥! 刚才我在房门口听到你叔父和静业在商量,他们说,明天要借去新界替你父亲扫墓的机会,劝你喝下放了迷幻药的红枚香槟酒,然后把你抛下大海,隐尸灭迹。"雅梦讲这番话时,声音是那么真切,听得卢静伟冷汗不住地从额角上冒出来。

此刻,卢静伟的心乱极了。他望着雅梦,总觉得她的话令人生疑,所以死死追问道:"你为什么要救我?"雅梦垂下了眼皮,低声说道:"上次在湄南河,我抽筋几乎丧命,幸得你冒险相救。我要报答你的救命大恩。"说到这里,雅梦咬了咬牙,仿佛痛下决心似的继续说,"不妨再告诉你,就是你叔父设下的圈套,才使你湄南河那次游泳几乎死于鳄鱼之口。"卢静伟摇摇头说:"难道叔父有调遣鳄鱼的本领?"雅梦见静伟不相信自己的话,就解释道:"你记得吗? 那天我和你叔父的游泳衣都是黄色的,但你的游泳裤是红色的。而鳄鱼在水中是怕黄喜红,它看到红色,就拼命地追逐。"

"啊!"卢静伟想不到鳄鱼和西班牙的斗牛,都喜欢冲撞红色,一下子坠进五里雾中,"这……叔父他或许不知道吧?"雅梦气愤地一摆头:"怎么不知道,这些还是你叔父亲口告诉我的呢!"

卢静伟只觉得脊梁骨上好似滑过了一块冰块,冰凉彻骨,眼前浮起一片白茫茫的浓雾,身子一软,慢慢地瘫在沙发上。好一会,才痴迷迷地问道:"我真不明白,在湄南河我虽然救过你,但叔父也视你为亲生骨肉,你这样做,不是忘恩负义了吗?"

"亲生骨肉?"雅梦从鼻腔里哼了一声,脸上露出一种鄙夷的神态,随之又泛起了红云,垂下了头,眼中掉下了晶莹的泪珠。接着她像疯女似的一阵冷笑:"哼! 义父? 我哪是他的干女儿,我不过是他的情妇罢了!"说到这里,她止不住用手背一抹眼角,鼻翼猛地抽了几下,悲痛万分地抽泣起来。

听到"情妇"两个字,卢静伟又惊又疑,他根本无法把已经年过花甲的叔父与这位桃李年华的少女联系起来。真让人不敢想象,这位表面纯朴无邪的女孩,竟然过着含垢忍辱、出卖肉体的悲惨生活!

待雅梦离开后,卢静伟望着窗外的冷月流云,心情乱极了。

青 山 释 疑

第二天,卢刚、静业与卢静伟来到野花遍地的新界山上扫墓。静业年约二十五岁,个子比卢静伟矮一些,由于血缘关系,长相与卢静伟有点相似。他们穿小径,爬陡坡,来到山顶一个新坟前。卢静伟看着那块一米多高的石碑,想到辛劳一生的慈父已经长眠在青山之上,心中不由一阵酸楚:"阿爸——"他凄然地向坟包喊了一声,就"扑"跪倒在地上。

清理过了坟草,烧过了纸钱,酹过了水酒,静业从提兜里掏出一幅天蓝色塑料布,在坟前草地上摊开,又从提兜里取出烧鸡、熟蛋、肉包等食物,继而又取出一瓶法国"金牌马嗲利"。卢静伟不动声色地察看着,最后他终于看到静业从提兜里掏出一瓶色泽绯红的"红枚香槟"。

扫墓祭祖以后,在山上吃点东西,这是广东人的习俗。这时,四周静悄悄的,偶尔从树丛中传来山雀的扑腾鸣叫声,更为这山野增添了一种幽寂悲凉的气氛。

一路上,卢静伟牢记着雅梦昨晚的警告。他感到只要自己喝下眼前这瓶混有迷幻药的红枚香槟,马上就会浮尸大海,即使被人捞起报警,验尸后法医的结论也将会是"吸毒者投海自杀。这是一场设计得多么残酷而又多么巧妙的骗局呵!卢静伟知道,卢刚父子不到万不得已,是不会对自己施以暴力的。因此,他脑中酝酿了一个对策,决定压抑着自己的感情,装作一无所知地随他俩前来扫墓,观察这父子俩如何演这场戏。

此刻,静业摆好东西后,这场戏终于开演了。静业侧过头问道:"伟哥,你喝什么酒?"卢静伟说:"我不会喝酒。"

卢刚伸手拧开了"金牌马嗲利"的瓶盖,斟了满满两杯,一杯递给静业,一杯自己端着,说:"阿伟不会喝烈酒,还是我们父子俩把这酒干了吧!"说完一个碰杯,仰头就把"马嗲利"倒进嘴里,顺手夹了一块烧鸡,塞进嘴里嚼了起来。

一会,卢刚拿起了那瓶红枚香槟摇了摇,开了盖,就往卢静伟面前的空酒杯里"咕咚咕咚"倒了下去。顿时一股诱人的香味四下弥漫开来。倒好酒,卢刚指了指酒杯,关心地说:"静伟,你不会喝烈酒,就喝这杯红枚香槟吧!"

此刻卢静伟虽说已是口干难耐,但他强咽下口中的唾沫,推辞道:"叔父,你知道,我是不会喝酒的。""这,我知道,我知道。"卢刚连连点头,"所以,我今天特意为你准备这红枚香槟。""叔父,你对我可算想得周到啊!"卢静伟嘴里说着,顺手在身旁狠狠扯了一把青草,放在手掌里用力搓揉着,随后又把草扔在一旁。卢刚见他不喝,说道:"阿伟,这红枚香槟酒力度数比啤酒还要低哩!"说完他将那杯酒递到卢静伟面前,"你闻闻,保证你不会醉。"

卢静伟接过酒杯,装得十分诚恳地说:"叔父,父亲在港多年,全仗你关照。如今,他瞑目九泉,你又对我鼎力相助。大恩大德,我永世不忘。我代表亡父敬你一杯。"说完,他把这杯红枚香槟递到卢刚面前。"这……这……"卢刚连连摆手,显得有点为难,"阿伟,你也知道,我是从来不喝这种低度数色酒的。"卢静伟穷追不舍:"叔父,今天在坟前,看在我父子的面上,你就领了这份情吧!"

"爹,伟哥既然这么盛情,你要是不喝,就显得见外了。"静业也在一旁劝说道。"既然贤侄这么客气,那我就破一次例吧!"卢刚边说边接过酒杯,把头一仰,顷刻,那绯红的液体全部落到他肚子里去了。接着他用舌头舔了舔嘴角,显得颇有滋味:"噫,想不到这酒这么好味道。阿业,你也来一杯。"说完,父子俩各倒了一杯,津津有味地对喝起来。

卢静伟双眼望着卢刚父子,大气不出地静待事态变化,但是只见卢刚父子谈笑风生,全无昏迷的迹象。卢静伟惊疑地想:这是怎么回事?难道雅梦说的全是骗人的鬼话?

这时,静业轻轻碰了一下静伟:"怎么啦?看你失神似的。"卢刚也接上话头:"是呀,看你魂不守舍,一定有什么心事吧?"卢静伟连连摆手说:"没……没有……"

卢刚用手拍了一下卢静伟的肩胛,笑道:"别骗叔父了。平日在家里,你最喜欢喝红枚香槟,但今天爬山这么劳累,你却硬是滴酒不沾。""这……"卢静伟内心的秘密好像被捅破了似的,嘴角翕动着却找不到话头。雅梦昨晚讲得煞有其事,但事实根本不是这样,他不由自主地自言自语:"怎么这酒里没有药呢?"

一听这话,卢刚那略带黄色的眼珠转动了几下,疑惑不解地问:"你说什么?酒里……药?"他思忖了一下,花白眉毛扬起,生气地说:"呵,你一定是听了别人的谗言,我干吗要在酒里放毒呢?"卢静伟的眼睛不敢和卢刚的目光接触,他惭愧地低下了头,没有出声。

卢刚叹了口气,单刀直入地问:"近来雅梦常常接近你,是不是她说了什么鬼话?"卢静伟不敢答"是"或"不是",只是呆呆望着吐露港的海涛,没有回答。

卢刚点燃了一支特长的"万宝路"香烟,用力吸了一口,长长地吐了一口烟气,说:"唉,在这个时候,我也不妨将自己的丑闻和苦衷告诉你俩吧!让你俩对社会、人生有个更深刻的认识。说来惭愧,雅梦名义上是我的义女,但实际上是我的情妇。"卢静伟像被针刺了一下,但他仍没有说话。老翁配少女,这种结合在大陆是极少见的,但在香港毫不足奇,卢刚接着讲起了其中的原委。

雅梦原是一家"无上装"夜总会的陪酒女郎,当她知道卢刚妻子病亡后,就千方百计接近卢刚,使出各种手段投进了卢刚的怀抱,认卢刚作"义父"。出于同情之心,也为了晚年身旁有个伴,卢刚花巨款把雅梦从夜总会赎了出来,视作家中一员。但随着岁月的流逝,卢刚已经看出来,雅梦很可能是黑社会组织派进来的干将,意欲伺机谋夺他的财产。

讲到这里,卢刚花白的眉毛锁了起来,眼圈一红,声音有些哽咽:"老翁少女,她怎甘心陪伴我一世,不过是巴望我早点进棺材罢了。"

看到叔父这副可怜相,卢静伟十分愧疚,便坦诚地说:"想不到雅梦是这样阴险的人,她还说你想用红色游泳裤引鳄鱼来害我呢!"

"红色游泳裤,引鳄鱼?"卢刚侧头眯着眼睛,无可奈何地摇了摇头,"我只懂得生意经,怎懂得那么多科学知识呢?既然她早知道这个奥秘,那又为什么还要引诱你下水呢?"

静业愤然地把"金牌马嗲利"酒瓶子使劲地扔向远处,愤愤地说:"贼喊捉贼!幸亏我们没上她的当。"

"阿伟,俗语道:'打虎不离亲兄弟,上阵还需父子兵。'我们同是一脉血统,切肉不离皮。在香港这是非之地,更要坦诚相见,同甘共苦,以免被他人制造分裂,从中渔利啊!"

卢静伟觉得卢刚讲得对,便问:"叔父,你既然知道了雅梦的底细,又为什么不赶她走呢?"卢刚脸上的肌肉抽搐了一下,长长地叹了一口气,苦着脸说:"赶她走?谈何容易。她的黑社会后台大,惹怒了那帮人,他们什么事都会干得出来的。"

卢刚一番话,使卢静伟如梦初醒:"幸亏叔父提醒,不然我几乎中了人家的离间计。"卢刚见卢静伟幡然醒悟,高兴地拿起红枚香槟,给各人倒了一杯,努了努嘴,诙谐地说:"阿伟,不怕我在这里下了药吗?"卢静伟的脸刷地红了:"有药,咱三人一块死!来,干一杯!"

三只盛满酒的玻璃杯,"当"地碰在一起了。

巧 遇 恋 人

叔侄俩误会消除后,静业经常与静伟在一起踢球消遣。这天他俩踢完了一场足球赛,已是黄昏时刻,两人感到又累又渴,在路过"蓝马"夜总会时,静业用球衣抹着额角上的汗,说:"伟哥,进去喝杯咖啡吧!"

卢静伟来到香港后,一直视夜总会作禁区。眼下,尽管喉咙干渴似火,但他还是强忍着用手指了指远处的"雷安娜冰室",说:"还是到那儿喝杯冰吧!""看你,假正经!我们进去只是喝咖啡,又不是玩女人。走,走。"经不住静业强拉硬劝,静伟只好与他一同走进夜总会。

他俩推开镶有茶晶玻璃的弹簧门,扑入眼帘的是一只奋蹄扬鬃的奔马大雕塑。大厅的舞池是用白水泥加各色石米打磨而成,中间一朵硕大的牡丹花图案,四周的花朵由大变小,成辐射形散开。大厅正中悬空吊着的碎玻璃圆球正在转动,把各色光斑洒向四周。十多对舞伴搂抱着在款款曼舞,穿着花格衬衫、吊着枣红柔姿领带的乐手投入地在舞厅一角演奏着,一位浓妆艳抹、穿着袒胸黑长裙的女人,正搔首弄姿地拿着麦克风唱着风靡香港的金曲《爱在深秋》……

静业带卢静伟到一张铺有云石的餐桌旁坐下,向侍女点了牛扒、熏鱼、加冰的生力碑酒和两杯法国干邑白兰地。

卢静伟看着两杯浅棕色的干邑白兰地放在餐桌上,便推辞道:"静业,我实在不会喝这么浓的酒。"静业端起酒杯喝了两大口,而后把另一杯递到卢静伟面前:"伟哥,不学就永远不会。

咳,别听我爹的,他自己是假正经,不也找雅梦做情妇? 做工时拼命,挣到钱大力花,做人就要这样。来,干杯!"卢静伟拗不过,只好仰头喝了下去。一杯下肚,不一会,酒力发作,他逐渐觉得头重脚轻,飘飘欲仙,终于头一歪,迷迷糊糊地睡着了……

也不知过了多少时间,卢静伟睁开了迷糊的眼睛,仿佛来到了一个梦幻世界。这是一间卧室,摆设豪华,满屋飘香,他从席梦思床上支起身子,忽地看到窗台旁立着一位少女,在深蓝色的天幕衬托下,只看到她的侧影。那少女穿一套透明的白色蝉翼长裙,一头波浪秀发披垂在肩上,此刻,她正临窗远眺,似有什么心事。卢静伟用手揉了揉眼睛,啊,这人太像倩文了。他忘情地叫了一声:"倩文!"少女听到叫声,回过头来,四目相对,卢静伟呆住了:啊,眼前正是自己朝思暮想的心上人呀!

"倩文——"卢静伟兴奋地叫了一声,连鞋也顾不得穿就扑了过去,双手紧紧搂住倩文狂吻起来。一阵旋风般的情感刚过,倩文用手推开了他,凄然地说:"伟哥,我以为今生再也见不到你了。"说完,她鼻子一酸,两颗晶莹的泪珠滴了下来。

卢静伟用手帕给她揩着眼泪,深情地说:"倩文,幸得天公有眼,今天我们得以团圆。"团圆?"倩文的肩膀抖了一下,眼睛的柔情马上被一种复杂的神态替代了。卢静伟感到事情有些不妙,就紧张地问:"这是什么地方?"蓝马夜总会。"倩文回答时,声音细得好像风中的游丝。

"夜总会?"卢静伟的心好像被针刺了一下,不由睁开眼睛细细打量起倩文来,只见她鹅蛋型的脸庞上,粉雕玉琢,经细心修剪过的眉毛好似一弯娥眉月;眼睑涂了一层淡淡的蓝色,脸上荡过一层脂粉,耳朵上,摇荡着一对红得诱人的宝石耳坠;一条金项链围在粉颈上,镶着蓝宝石的坠子夹在两条乳沟中间;半裸的蝉翼衣,涂着丹蔻的纤纤玉指上,戴有镶着钻石的金戒指。呵,变了! 纯真的倩文,变得让人不敢认了!

卢静伟内心似刀剜般痛苦，想想自己以纯洁的爱情日夜为她的安危担忧，想不到她竟不知羞耻地在夜总会的密室里干着接客的勾当，一股怒火油然而升，他突然扬起巴掌，"啪"一声，打在倩文的脸蛋上。

倩文被打了个趔趄，只觉得眼冒金星，天旋地转。当她听到卢静伟咬牙切齿骂她是"骚货"、"贱人"时，她立即明白了怎么回事。她用手摸着热辣辣的脸颊，愤愤地反击道："哼，你装什么清白？枉我对你一片痴情，你却偷偷到夜总会来嫖妓！"

听到倩文无缘无故地骂自己嫖妓，卢静伟好似火上加油，又一掌扇了过去，倩文又被打了个踉跄，仰面跌倒在梳妆台边。

倩文用手擦着嘴角的血丝，眼睛喷射出愤怒的火焰。她用右手撑着地，缓缓地站起身子，顺手抄起桌上的雕花玻璃瓶，高高举了起来。她正想向卢静伟砸去，但似乎突然想到了什么，手一松，"哐啷"一声，玻璃瓶摔在地上，碎片四处飞溅。倩文摸着流血的嘴巴，缓缓地从嘴里挤出一句话："你……你打得好！打得好！"

就在这时，房门突然被人推开，冲进一个人来。

去 路 何 在

冲进来的是静业。他见两人剑拔弩张的情景，急忙上前拉了拉卢静伟的衣角，说："伟哥，我们花钱只是图一时的快活，何必与这些臭婊子呕气伤神呢？走！"说完，不容分说，就半推半搡地把卢静伟拉出了房间。

一回到家，卢静伟就打开了酒柜，取出一瓶法国"大将军"，拧开瓶盖就"咕咚咕咚"地灌了下去。卢刚见他如此失态，连忙夺过酒瓶，声色俱厉地责备道："阿伟，狂饮滥喝，会坏身体的，到底出了什么事？你说呀！"卢静伟苦笑了几声，竟捶胸顿足哭了起来："倩文,你骗了我! 骗了我!"卢刚父子又是劝又是问,总算撬开了卢静伟的嘴巴,讲出了在夜总会密室与倩文邂逅相逢的事来。

卢刚听完卢静伟的叙述,用手轻轻拍打着软沙发的扶手,说:"阿伟,凡事切勿冲动,倩文会不会有难言之隐呢?"刚才卢静伟是火头上失去了理智,现在听叔父这么说,不免低头沉思起来。

卢刚用手揉着眼角思索了一会,说:"佣人王妈和蓝马夜总会的大阿姐是四邑同乡,待我叫王妈去了解一下吧!"

几天之后,王妈带回了倩文写来的一封信,这十多页长的信笺,真是如泣如诉,如怨如恨。

原来,偷渡那晚,快艇把倩文和另三个偷渡客从机帆船上接了下来,从公海进入东博寮海峡,不久,就遇到了港方的水警船。快艇仓皇逃窜,水警船穷追不舍,在离岸不远处,快艇因加速太快,翻沉了。同船的人都不知下落,倩文自幼水性甚好,游上岸后,见有间小屋门前挂着风雨灯,便敲开了门。她向屋内的老头说出了卢静伟在铜锣湾的地址,讲好条件:如把她安全送到卢静伟处,愿出五千元港元酬谢。

不久,一辆红色"丰田"开来了,但"的士"把她载到蓝马夜总会的密室。一位大腹便便的胖老板威吓倩文:与她同行的三个人都溺死了,眼下一旦香港警方发现,不但要将她反解回大陆,而且三条人命都要她负责。胖老板提出要她接客,她坚决不从,因而遭到毒打。胖老板给她一个限期:中秋节那天,一定要她"下海",否则,送交警方。

读罢来信,卢静伟回想那天对倩文的粗鲁举动,懊悔地用拳头狠捶自己脑袋:"咳,我错怪了倩文!"好一会,他像悟到了什么,"现在离中秋节还有一个多月,那晚她为什么会在房间碰到我呢?"卢刚沉思了一会,答道:"她乃一茕茕弱女,落在'蛇头'手中,那不是肥肉落在砧板上?"说完,卢刚又惋惜又爱怜地长叹了口气。

往日的恋情又涌上心窝,卢静伟搓弄着手掌,问道:"叔父,怎么办?"卢刚口气坚决地说:"救人一命,胜造七级浮屠,何况是倩文,我们当然要竭力搭救她。"

接着,他们便思考着搭救的办法。厅正中的石英挂钟一秒一秒地跳着,大家默默地思索着,一层又一层的烟圈升起,弥漫了半个大厅。卢静伟慢慢地抬起了头,眼中跳跃着两点亮光:"香港政府不是明令严禁迫良为娼吗?胖老板强迫倩文卖肉,是违法的,我要去告他!"卢刚听了不禁笑了起来:"阿伟,你太幼稚了。政府确有明令,但又有什么用?'鱼蛋档'、'按摩女郎'、'伴浴小姐'、'征友玉女'、'一凤楼',这些变相色情场所比比皆是。政府的'扫黄'运动,能把它们扫掉吗?况且,倩文是偷渡来港的,一旦事发,倩文要反解回大陆,因经济案她会在那边被判刑入狱;即便有幸留在香港,那几条人命案也令她……"

卢刚的话还没说完,卢静伟脸色就已经变得苍白,眼睛里流露出绝望的神色。他痛苦地垂下了头,双手用力挼着头发,声音有点颤抖:"这……这难道就没有办法了吗?"

卢刚见侄儿悲痛万状,心中十分不忍,终于咬着牙,站起身来,坚决地说:"事到如今,我看只有走这条道了。"

路 转 峰 回

卢静伟听卢刚说出:"事到如今,只能走这条道了。"他眼中立即闪出希望的光彩:"叔父,你有什么妙计?快说呀!"卢刚说:"我明天亲自去找夜总会的胖老板,在香港这地方,钱可通神。找他谈条件,用钱把倩文赎出来。"

"钱?我哪里有这么多钱?"卢静伟有点为难,自从父亲赌输巨款后,遗留给自己的产业是不多的,总经理的头衔形同虚设,平日,他的一切费用都靠叔父开销。卢刚看透了他的心事,劝慰道:"阿伟,金钱是身外之物,最重要的是人。钱方面,我们共同想办法。"卢静伟点了点头,真正感受到了一家人的温暖。

蓝马夜总会的老板是个矮胖汉子,才四十开外,头发已半秃;又肥又白的脸蛋有点松弛,好像一只刚出笼的白面包子安装在脖子上;"包子"上面,嵌着一双金鱼般的水泡眼,蛤蟆嘴巴一张,便露出一排亮灿灿的大金牙。

当他在听卢刚讲出来意之后,那双水泡眼"骨碌骨碌"转了一阵,悠悠地吐了一个大烟圈:"这事难商量呀!须知倩文,不,应该叫白丽娜小姐,是我的一棵摇钱树呀!"卢刚毕竟是走过大码头的,知道胖老板是在提码索价,便单刀直入:"名花虽好总有价,你无须转弯抹角,出个价吧!"

"好,爽快,爽快!"胖老板的二郎腿抖动着,"我从'蛇头'手中买来时花了五十万港元,现在养了这么长时间,你要赎回,连本带利,就出一百万吧!"

见胖老板漫天开价,卢静伟"霍"地站了起来,用手指着胖老板的酒糟鼻,发怒道:"嘿,你简直是潜水艇——吃水深!"

胖老板见卢静伟这模样,就把二郎腿一收,用手一拍沙发扶手,恼怒地回击:"喂,死靓仔,你别血口喷人!你买我卖,喜欢就成交,不合就一拍两散!"说完他用力把香烟在玻璃烟盅上狠狠掐熄,又把手一挥:"这小姐,不卖了!"

卢刚见双方闹成了僵局,连忙拉住了胖老板:"你何必与毛伢子一般见识,再讲讲价吧!"

胖老板从鼻腔里"哼"了一声:"这已是优惠价了,如果卖给外国大亨,起码双倍价钱。我素来牙齿当金使,一锤就定音。少一毫钱,也别再来找我。""咳,大人有量。"卢刚向他赔了个不是,"这样吧,给一段时间,让我们回去考虑考虑,好吗?"

胖老板眯着水泡眼,思索片刻,点了点头:"那么,就以一个月为限期吧!"

他们回到家中,刚坐下不久,雅梦风尘仆仆从泰国回来了。她一进大厅,看到卢静伟不但安然无恙,而且还和卢刚细斟慢酌,她那双秀美的眼睛流露出惊诧的神态,连行李也忘了放下。

卢刚见雅梦回来,不动声色地问:"雅梦,泰国那批大米联系得怎么样?"雅梦见问,这才如梦方醒,把行李放在地上,用手一捋眼角垂下的秀发,答道:"已经凑足了预定数。"

"好!"卢刚满意地点了点头,继续问,"合同签了没有?"签了。""什么时候起运?""对方要我们先派人过去验货,下星期三便可起运。""好!好!雅梦,这回辛苦你了,你先好好休息休息。过两天,替我再到日本跑一趟,找寻那个藤尾正郎。"卢刚呷着乌龙茶,神态悠然自得地发着指令。雅梦点头应允,拿着行李上了二楼。

卢刚侧过头来问卢静伟:"阿伟,你去一趟泰国,怎么样?""我去?""嗯。验货押运,非自己人去不行。况且,这笔生意,颇有赚头。你去一趟,亦可挣回一笔钱。""这……"卢静伟沉吟了一下,便点了点头:"好吧!什么时候动身?""越早越好,你明天一早动身,好吗?""唔。"

到夕阳西落时,卢静伟独自在后花园散步。当他转到喷水池边,突然从假山后闪出一个人影,把他吓了一跳,定神一看,原来是雅梦。两人相对而立,一时默默无言。

还是雅梦先开了腔:"伟哥,近日你一切可好?""唉,一言难尽。""扫墓那天你没有事吧?""酒里根本没有迷幻药。"雅梦眉心一挑,警觉地四下张望,见确无他人,便压低嗓音说:"我跟你在房中的讲话,会不会让你叔父窃听了,因而改变了主意。"

"窃听?叔父有那么长的耳朵?!"卢静伟觉得有点滑稽可笑,但雅梦却显得十分认真:"以前做生意,为了摸清对方的对策,我也曾替你叔父在对方房间安装过微型电子窃听器。"

卢静伟觉得这事已成过去,很难确证。不过,他觉得这高深莫测的奇女子,有不同常人的机敏与心计,便将近日倩文的事简略告诉了她,以试探她的看法。

雅梦听了,立即提醒说:"当心,这会不会是你叔父摆设的圈套。""这圈套对他有什么好处呢?"卢静伟觉得不可思议。"很久以前,你叔父向我漏过嘴,说你父亲有价值四百万元的股票在他的公司里。""你有录音吗?""没有。""股东的影印件呢?""也没有。"自从那次红枚香槟事件后,卢静伟觉得雅梦无事生非,居心叵测,便为叔父辩护:"叔父历来对我很好,你不必再过问了。"雅梦见好心不得好报,长叹了一口气:"唉!你吃亏就在于过分老实。我还是要提醒你,害人之心不可有,防人之心不可无呀!"

风 波 迭 起

卢静伟未听雅梦劝告,去了泰国。两星期以后,他办的货从泰国运抵香港。泊岸后,却飞来了横祸:警方利用警犬搜出舱底的大米包里藏有海洛因。卢静伟立即被投入监牢。

卢刚闻讯,赶来探监,他拿出三千元打点,支开了监视的人。他对这突发事件感到很费解,一见面就问:"阿伟,你在验货时没发现什么吗?"

"大米是两百斤一包,一船货达万包,海洛因藏在包里面,叫我怎能验出来?""真是天有不测风云,活该我们倒霉了。"

卢静伟眨了眨眼睛,疑惑地问:"叔父,是谁把毒品藏在我们货里面的呢?"卢刚愤怒地一拍大腿,咬牙切齿地骂道:"还用问,这毒品肯定是雅梦的私货!"卢静伟内心焚烧着愤怒的烈焰,双手用力把铁栏杆攥得紧紧的,牙关咬得格格响,缓缓地吐出一句话:"这个狐狸精,我出去要找她算账!"

"你出去？走私毒品，是要判重刑的。"卢刚显得有点忧伤。卢静伟猛地打了个冷颤，未婚妻正在另一所不是监狱的监狱里等待自己去营救，在这关键时刻，自己被判刑不正等于倩文也被判刑了吗？卢静伟带着哀求的口吻说："叔父，这毒品是与我无关的，你替我请辩护律师吧！"

卢刚无可奈何地摇摇头，说："你办的货中夹带毒品被警方搜出，这是铁证。你纵然有十张嘴也说不清啊！"卢静伟绝望地问："那就没有办法了吗？"

"办法？"卢刚的眉毛锁成一个"川"字，略带黄色的眼珠也凝住了，右手机械地摩着下巴的须根，沉思了好一会，才把嘴贴到卢静伟的耳朵边，低声说："找林茂警长，叫他上下活动通融一下，不过，这需要大笔钱才行。""钱？我现在哪里有大笔钱呢？"

"近来我的生意也不景气，一蚀再蚀，一时也难拿出这么大笔的现金来周转呀！"

卢静伟像被推至悬崖边缘，眼前幻出自己在监狱的磨难苦景，也幻出倩文沦落火坑后倍受凌辱的惨象。卢刚见侄儿这情形，隔着窗子，扶住他的肩膀："阿伟，坚强些！正所谓'有山就会有路，有水就会有船'。""茫茫大海，哪是尽头啊！"卢静伟心灰意冷地摇了摇头。

卢刚沉思了一会，咬了咬牙关，说道："这样吧，我把我在铜锣湾的那个粮油分公司抵押出去。""不行！不行！"卢静伟连连摆手。

"咳，救人要紧。'留得青山在，不愁无柴烧'！"卢刚的话语是那么真诚至理，那么感人肺腑。一股热浪冲击着卢静伟的心扉，又冲上喉咙，直抵脑门，他只觉得鼻翼一酸，两颗豆大的泪珠夺眶而出。他紧握着卢刚那双稍露青筋的手说："叔父，我不知该怎样感谢你才好。"

卢刚却慰解道："一家人何必讲两家话。"

不久,卢刚把分公司抵押了出去,通过林茂警长的疏通活动,卢静伟终于出狱了。

不料卢静伟出狱后没几天,就出了一件意料不到的事:黑社会的人找上门来了。来者一个是牛高马大的黑壮汉,一个是尖嘴猴腮的瘦小子。没讲三句话,他俩就凶神恶煞地声称:那批海洛因价值一百万元,是雅梦和他们合股做的,现在要卢静伟赔偿损失。

卢静伟吃了那桩冤枉官司,至今怨气未消,如今见这班毒贩竟上门索赔,更是怒不可遏:"你们贩毒,连累我坐监,害得我叔父赔了一个分公司。我没找你们算账,你们还想怎样?"

对方也不肯相让,唇枪舌剑,干了起来。卢刚见势不好,好说歹说,从中劝告,双方才收敛一些。

但那班无赖三天两头上门一次,威迫恐吓,令卢静伟十分烦恼。卢刚见事态发展到这地步,就出了个主意:"阿伟,我有位好朋友在瑞士苏黎世开中餐馆,你不如去那里避避风头,散散闷气。"

静业也赞同父亲意见,表示愿陪卢静伟到瑞士一行。卢静伟确实想到国外一趟,避开那些无赖无休止的纠缠,但他更知道:在这危难时刻,岂能丢下未婚妻而独自远走高飞呢?

卢静伟说了自己的想法,卢刚听了感动得眼眶也湿润了:"阿伟,我今天才算真正认识你。你真是人中豪杰,男中大丈夫呀!有你这样深明大义的侄子,我也放心了。"

静业在一旁也竖起拇指称赞卢静伟品德高尚,说:"伟哥,你真了不起!那我们就赶快想办法把倩文救出来吧!"

卢静伟的心一沉,沉默了一会才说:"唉,现在真是雪上加霜。一百万,到哪里去找这笔巨款呢?"

卢刚也为这事犯难了。为了使卢静伟获释,他刚用了一大笔钱作疏通,粮油分公司也抵押出去了。其余的分公司正在艰难的生意竞争中挣扎，一个企业家，可不能把事业弃置呀！卢刚用右拳头轻捶着前额，思索很久，才沉缓地说："蓝马的胖老板曾放风声想买楼房。这样吧，阿伟，现在是前无去路、后有追兵，为了你与倩文的幸福，我准备变卖一部分楼……楼房……"说到后边，卢刚的嘴巴翕动了好久才把话说出来。从他发颤的声音，可知他内心非常痛苦。

卢静伟心里涌起感激的热流，也搅混着痛楚的苦水。叔父为自己作出的牺牲太多了，这次再也不能让他受这重大损失了。所以他连连摆手："叔父，使不得！使不得！"

"千金散尽还复来。只要人还在，以后还可以搏回来的。"卢刚这充满哲理的话使卢静伟下定了决心："叔父，要卖楼房，就卖我父亲留给我的那部分吧！"

卢刚连连摆手说："不行！那我怎么对得住九泉之下的大哥呢?"而卢静伟反倒平静了下来，落落大方地说："横竖我和倩文都到瑞士苏黎世去，这楼房空下来作用不大。或许，我俩到那边会定居一辈子……"

"唉，针无两头利，既然侄儿铁定了心，那么我就找胖老板作个价，估计一百万元是不会成问题的。"

果然，胖老板听到卢静伟愿意拿楼产变卖赎回倩文，那胖脑袋笑得像一个爆开了的洋葱头，水泡眼睛眯成了一条线，连连点头："好！好！后天就带律师到你那里把手续办妥。"

过了两天，胖老板果然依约来到卢刚家里。可谁知当卢静伟拿出房产契约，叫胖老板签字办手续时，胖老板却变卦了。

冒 险 定 策

胖老板推开卢静伟的售楼契约，嘴角露出一丝轻蔑的冷笑："你的楼我不要了。"

"为什么?"卢静伟质问道,"前晚我们不是讲得好好的?"

"昨天,来了一个日本大富豪,他专程到香港物色美女。他看过情文后愿意出一百五十万港元把她赎走,带回日本去。"胖老板跷起二郎腿,轻轻摇晃着,好像他手里已经拿到了那笔钱。

卢静伟心脏猛然抽搐了几下,眼看事情有了转机,谁知半途又杀出一个程咬金来。他用脚跺了一下地面,用手指着胖老板的鼻尖嚷道:"大家商定的事,怎么你一下子又反悔了呢?"

卢刚也上前质问胖老板:"出尔反尔,你太不讲信用了。"

"信用?"胖老板冷笑了几声,"信用值多少钱一斤? 我这个人只讲实惠,有奶便是娘,谁给钱多,我就把货给谁!"

卢刚的脸色变得严峻:"你太过分了,把我们当猴来耍,难道这事再没有商量的余地了?"

"余地? 有! 有! 你们比那日本仔多出点钱,我就可以把人赎给你们。""多少钱?""一百六十万。"

卢静伟怒冲冲地叱道:"你简直是敲诈勒索!"

"喂,喂,你又不是法官,用得着你给我定罪名?"胖老板见卢静伟怒火冲天,就挥挥手说,"你不必气恼,我自己夜总会的事情,我自己会把它搞妥。"说完,一个转身就向门口走去。

卢刚见事情到了这般地步,就追上去,拉住胖老板的衣角:"咳,有事好商量,何苦这样劳神损气呢? 价钱好商量嘛!""商量什么? 我开了价,历来就没有价还了。"

卢刚也没有骂他,只是赔着笑脸说道:"那么你给点时间,让我们再想办法筹借一下。"

胖老板歪着脑袋,斜睨着卢刚:"让你们想办法? 不如我替你们想个办法。""什么办法?"

胖老板故弄玄虚地说了半天,最后才说出了他的办法。原来,胖老板在中环皇后大道开的金铺,最近生意受到冲击,原因是有一位非洲富商在离他金铺不远处又新开了一间"菲利士"金铺,铺里摆着一颗硕大的"三星蓝宝石",它简直可以和英皇权杖上那颗重六〇五克拉的"非洲之星"相媲美,它的出现,吸引了不少爱好珠宝的小姐太太前去慕名观赏。这一来,胖老板的金铺就变得门庭冷落起来……

讲到这里,胖老板的水泡眼泛出了诡谲的光波:"那钻石标价六十万元。你们想赎倩文,行!除了这楼房抵押值一百万外,再设法给我弄到那颗三星蓝宝石。"

"怎样弄法?"卢静伟困惑不解,"我哪有那么多钱去买这宝石呢?"

"嘻嘻!没钱买,那没关系,你可以——"胖老板做了一个抢的手势。卢静伟看后,也明白了几分:"啊,你想叫我去打劫?"

胖老板点了点肥肥的大脑瓜:"对!对!你真是个聪明仔,一点就明了。"卢静伟的脸色却由红转白,连连摆手:"不!不!去抢劫,我宁愿死,也不去干!"卢刚也搭上了腔:"胖老板,你引的路可是条羊肠道,须知打劫是犯法的呀!"

"哈!哈!连你这么大年纪,也没把世道看穿。"胖老板笑了起来,"俗话说,人无横财不富,马无夜草不肥。香港这么大,每天有多少人在干犯法的事呀!但我看能被警方破案的还不到百分之一。"卢刚脸有难色,说:"你的话确有一定的道理,但打劫太危险了。""危险?哈!哈!在香港干哪一样不危险,走马路,会被车撞死;做生意,会被人吞掉。"胖老板摇头晃脑地说,"哼,我有肉,还怕没有老鼠来拖?那个日本仔现在返回东京,约定过了中秋节就来赎了去。"说完,他"噔噔噔"地走了。

胖老板走后,一连几天,卢静伟内心无法平静下来,今晚,他更是翻来覆去无法安睡。床头放着一张晚报,第一版上用黑体印的标题赫然入目:白丽娜小姐中秋节征友。旁边印着倩文的玉照,美丽的脸蛋上,明眸含怨带恨,嘴角流过一抹悲戚忧愁。这神态,令人更易产生一种怜香惜玉的感觉。报上这种含蓄的广告,行家都知道:这实际是向花界发动一次对倩文身价的投标活动。卢静伟在床上躺不住了,他索性起了床,倚着窗户,往外远眺。

蓝马夜总会的七彩霓虹灯,在天幕下闪烁着奇幻的光彩,带着狂乱节奏的靡靡之音,从夜总会窜出来,向四周扩散。倩文,自己心爱的情侣,现在正像一只待宰的绵羊被关在那里,咫尺天涯呀!想到倩文"下海"的日期快到了,卢静伟的心比刀剜还难受,愤懑与羞辱,像两把巨大的钢锯,来回锯着他的心。找钱赎她?没钱!去打劫?不干!

就在叔侄俩摇头叹息的时候,林警长来卢刚家叙旧。他听完卢刚的叙述,愤愤不平地说:"胖老板真是太强人所难了。难道除了他说的打劫外,就没有其他门路了吗?"

"如果有门路,我们早就会办了。"卢刚显得有点沮丧,两条眉毛耷拉了下来。

"唉,报警对倩文不利,这事真难办呀!"林警长用左手托住下巴,两眼定定望着窗外。沉思了良久,突然,他倏地站了起来,用右手拍了拍警服:"刚叔,我怎能眼睁睁看着你的侄媳妇坠入娼窑呢?事到如今,为朋友两肋插刀,我也豁出去了。"

卢刚脸上露出惊喜的笑容:"林警长,你有好办法了?"卢静伟更是急切地起了身,趋前两步,用手拉了拉林警长的衣襟,眼睛闪射出希望的火花:"林警长,你有什么好办法?"

林警长见他俩这么问,便顿了顿:"办法?有,但不是好的。不过,总有一丝成功的希望。""什么办法?""打劫!"

一听到这个胖老板提过的词,卢静伟像泄了气的皮球一样,又瘪下去了。这时,林警长却反过来拍了拍他的肩膀:"静伟,办大事总要冒些风险。打劫珠宝行,这的确很危险,但幸好近日我调了职,这条街是在我管辖范围之内。届时,我以追捕面目出现,但实际上掩护你逃掉,怎么样?"

卢静伟只觉压在胸口的千斤担子,顿时被挪开了几百斤。但他仍犹豫着说:"不过,这于良心上过不去。"

"咳,你们这些人就是心肠太软,不像我们这些当差的铁石心肠。"林警长叹了口气,继续说,"你是为了救未婚妻,迫于无奈呀!"

卢刚也点了点头:"唔,这是自己救自己。"

人家身为警长,甘冒牢狱之灾,为自己出力,自己还有什么值得犹豫呢?卢静伟终于咬紧了牙关,握紧了拳头,猛地往沙发扶手上一捶:"既然这样,我就冒险干一场了。"

三天以后,林警长带来了打劫方案。每一个细节都与卢刚、卢静伟再三推敲斟酌。

最后大家都认可了,卢静伟于是便与蓝马夜总会的胖老板签下了出卖楼产的契约,接着,就开始了冒险行动。

血 祭 海 涛

中秋节前一天傍晚六点多钟,下了一场大雨,大街小巷都湿漉漉的,街上行人稀少。

一个女子,打着深紫色的花伞在雨中姗姗而行,伞,打得低低的,几乎盖住了她整个脸庞。她浓施脂粉,嘴涂唇膏,长发披肩,身穿桃红色的长袖柔姿衫,使高高隆起的乳峰十分刺目。石磨蓝的牛仔裤下,不是高跟皮鞋,而是一双平底的"柏仙奴"运动鞋。她右手吊着一个鳄鱼皮黑色手袋,踏着淌着水的街道,向"菲利士"珠宝店走去。

这个时髦女郎不是别人,正是化了装的卢静伟。即使珠宝店使用闭路电视来监视,恐怕一下子也不容易识破这"女子"的庐山真面目。

行动之前,卢刚和卢静伟到了蓝马夜总会,亲手接过胖老板给他的倩文卖身契约和两张飞往瑞士苏黎世的飞机票。整个计划是：打劫定于六时多进行，卢静伟得手后逃出店外，至毕打街街口的拐弯处，将打劫到的蓝宝石扔进胖老板停候的"的士"，然后往西边跑，沿途有林警长掩护策应，将追击者引入歧途。卢刚与倩文用水翼快艇在天星码头附近接应。快艇冒雨穿过维多利亚湾、九龙湾，这时卢静伟可在艇上换装，然后在九龙城码头与倩文一道上岸，再乘"的士"到启德机场，飞机八点正起飞。

这次行动，从计划上看是缜密的，从时间上看是紧凑的。即使警方接到报警消息赶到现场，在查勘线索时，卢静伟和倩文都应该已经在飞往苏黎世的飞机上了。为了拯救未婚妻，卢静伟这位足球中锋、短跑能手，只好铤而走险了。

卢静伟从小街刚想拐进皇后大道，肩膊就被后边伸来的一只手搭住了。卢静伟吃惊地回头一望；那人穿深蓝色西装，白衬衣上系着一条蓝色柔姿领带，外罩一件灰黑色塑料雨衣，一副偌大的茶色眼镜把他的眼睛罩起来。那男子压低声音问道："你是卢静伟吧?"

这一句话，足令卢静伟大为心悸，他不敢用粗哑的嗓音作答，只是摆手否认。那男子却身子贴近他，问道："你要去哪里?"卢静伟停住了脚步，狐疑地打量着对方，终于忍不住悄声问："你是谁?"那男子把茶色眼镜摘了下来，答道："我是雅梦。"卢静伟仔细端详，不错，从那双独具魅力的眼睛看出，这正是女扮男装的雅梦。他便没好气地问："你不是到日本去了?"雅梦点了点头："哈，我又回香港了。我与你叔父无法再相处下去，就寄居在朋友家中，但我一直关注你与倩文的事。"

往事一下涌到了卢静伟眼前。正是她，向自己求爱不成，多次挑拨自己与叔父的关系，私藏毒品令自己尝受牢狱之苦。一股怒火烧上心头，他有点愤懑地说："我们家里的事，你别插手管了!""当心，这是圈套!""圈套? 我已经上了你几次圈套了!"卢静伟说完，就要走开，但雅梦拉住了他的衣袖，恳求说："那儿危险，你不能去！""你别死皮赖脸缠着我，滚开！"卢静伟用力把雅梦甩了个趔趄，但雅梦又站住了。忽然，她从衣袋里掏出一支小手枪，贴着雨衣，指着卢静伟，厉声喝道："你不能去，跟我走！"

这时，街上无人。一个是男扮女装，一个是女扮男装，紧张地对峙着。卢静伟从未见过雅梦闪射过如此凶狠的目光，如今，她那黑社会的丑恶面目已暴露无遗。怎样让营救倩文的行动不受到干扰？卢静伟故意顺从地转过身来，趁雅梦稍一松懈，一个马步抢上前去，右手掐住雅梦的手腕，左手夺下了她的小手枪。接着，抡起右掌朝雅梦脸上猛扇过去，雅梦被打得跟跄地转了一圈，摔倒在地上。

卢静伟把小手枪放进自己的裤袋里，回头向嘴角流血的雅梦斥了一句："要我跟你走？梦想！我心里只有倩文！"说完，向皇后大道走去。

菲利士珠宝店内，装饰得高雅华丽，镀金的长筒灯罩从天花板上撒下乳白色的光，约二十米长的玻璃柜台弯成了一个曲尺形，里面各种金银珠宝俱全。最惹人注目的是柜台正中有个枣红色的丝绒盒子，粉红色暗花锦缎上，就放着那颗光芒熠熠的三星蓝宝石。宝石旁边，有两只乌黑花斑的非洲毒蜘蛛。

这时，店内只有两个店员，一个年轻些的在招呼两对情侣挑选戒指，另一个稍老些的，正疲惫地坐在三星蓝宝石后边的柜台后面。他见卢静伟进来，机械地站起来，堆起笑脸，殷勤地问："请问小姐，你要买些什么？"卢静伟用手指指蓝宝石旁的那条鸡心项链，那个老店员躬腰从柜里小心翼翼地取出。卢静伟拉开了鳄鱼皮手袋，以迅雷不及掩耳之势掏出一支喷毒气手枪，向老店员脸部一扣枪机，一股黄色的烟雾立刻罩住了老店员的头部，只见他干咳了几声就昏倒在地上。这时，卢静伟扬起手枪柄，向玻璃柜台猛砸了下去，"哐啷"一声玻璃碎了，卢静伟立即向那两只毒蜘蛛开了一枪,黄烟还未散尽,他就迅速伸手夺过那颗三星蓝宝石,放到手袋里,转身就冲出店堂,钻进了雨幕中。

从取枪、劫宝至逃出店外,卢静伟前后不过用了十多秒钟。当其他店员醒悟被劫,用脚踩响警铃时,卢静伟已经逃到街上了。

雨"哗啦哗啦"地下着,卢静伟拿着手袋,不顾一切地在街上狂奔着。瞬间,他快到街口了,突然从旁边一间杂货店里冲出两个黑人,一高一矮,横在街心正中。卢静伟心里一沉,暗叫:"不好!"

原来,菲利士珠宝店的黑人老板也是个老谋深算的行家,他知道自己在素有万国商埠之称的香港开珠宝行,利润虽大,但风险也大。所以他除了拜熟了这地段内的"地头蛇"外,还在店内安装了闭路电视,在街头、街尾均开设了杂货店。这杂货店其实是暗哨,珠宝店内有闭路电视直通这里,一旦珠宝店出事,除了珠宝店内的卫士追击外,这街头街尾隐伏的打手也会倾巢而出,全力夹击。因此,卢静伟陷进了追捕网中。

卢静伟把心一横,一不做、二不休,今天不是网破就是鱼死!他一个闪身朝高个子的下巴打出一个左勾拳,高个子被这突然一击,打得下巴脱位,嘴巴流血,摔倒在地。那矮个子见状扑了过来,卢静伟又侧身闪过,与他交了几下手后,一个"扫堂腿"把矮个子扫倒。这时,后边人声嘈杂,卢静伟透过雨幕,看到从珠宝店拥出几个持枪的卫士,正朝他追来。他就地一个急跳,跨过倒在地上的矮个子黑人,发疯般的朝前奔跑。

一拐弯过毕打街,就见蓝马夜总会的胖老板坐在一辆银灰色皇冠牌"的士"里,车头侧边的玻璃窗开启着。卢静伟按计划把盛有蓝宝石的手袋掷进"的士"里面,胖老板的脚一踩油门,"的士"就箭一般冲进迷蒙雨幕中,迅即就消失得无影无踪了。这时,卢静伟见骑楼底下站着全副武装的林警长。林警长向他甩了甩头,示意他快逃。卢静伟见打劫的几个步骤都如愿实现了,如今打掩护的又来了,就像吃了定心丸。

雨在倾泻,风在呼啸,卢静伟拼命地跑,林茂警长与珠宝店的卫士在后边穷追不舍。卢静伟不愧是绿茵场上的快马,不一会,就与追击者拉开了距离。转过弯,呵,天星码头在望了!

一艘豪华的水翼快艇正停泊在岸边,艇上遮篷下站着几个人。那穿灰色西装的是叔父,白底花格衬衣的是静业,穿粉红连衣裙的是倩文。倩文也发现了卢静伟,踮起脚尖,向他频频招手。卢静伟好像打了一支强心针,跑得更快了。

卢静伟离海边越来越近了,四十米、三十米、二十米……突然,他发现水翼快艇悠悠地离开了岸。怎么回事?他边跑边向前伸出双手呼喊:"等等! 等等——"

"静伟! 静伟——"水翼快艇上,倩文从遮篷下冲到船边,倚着船舷,探着身子,向卢静伟呼唤。

卢静伟站在码头边,盯着渐渐远去的快艇,十分惊诧,而后边的追兵此刻越来越逼近了。

前无去路,后有追兵呀! 就在卢静伟绝望之际,一辆乳白色的丰田牌"的士"从那边风驰电掣般驶来,"吱"一声在他面前刹住了。雅梦从车里探出脑袋,向他招手喊道:"静伟,你上当了! 快上车,跟我逃出去!"

绝处逢生,卢静伟刚想向"的士"跑去,"砰!""砰!"两枪,雅梦惨叫了一声,头一歪,倒在车窗外,鲜血,喷红了她垂下的秀发。卢静伟惊恐地朝前一看,只见林警长狞笑地站在那里,锃亮的枪口正冒着缕缕青烟。这时候,后边又传来了叔父的一阵狂笑。这时,卢静伟才突然明白了一切! 看着为自己而献身的雅梦,他像一头发怒的困狮,从裤袋里拔出雅梦那支小手枪,一个转身,瞄着渐渐远去的快艇,他枪口的准星刚刚对准叔父狰狞的面庞。

"砰!""砰!"他后边又响起了林警长的枪声。他觉得一把利锥从后面钻进了他的胸腔,痛得他跳了起来,胸口的鲜血如泉水般喷射了出来,眼前升腾起一片白雾,无数金星在面前飞旋。他尽力一扣扳机,"砰"那子弹只打在波涛上。他已无法支撑失去重心的身躯,摇晃了几下:"倩文——"他来不及把心里的话叫出来,就"扑咚"一声跌落进海里。接着,海面上冒出了血泡,伴随着不断上冒的团团血晕……

快艇上,倩文目睹这惨景,哭叫了一声:"静伟——"就昏厥过去了。卢刚却张开双手,向天狂笑。是的,他想得到的都得到了:股票、楼产、宝石、少女……他想失去的全失去了:亲兄、亲侄、玩腻了的女人……

快艇,像箭一般射向海湾深处,溶进了白茫茫的雨帘中。风,在怒吼!雨,在狂泻!浪涛,愤怒地拍击着维多利亚海湾,像在向人们讲述着什么……

(何初树)

一个原本和顺的家庭,由于愚昧和罪恶而使之破碎、毁灭,这是最最令人悲伤的。

泾河系艳魂

冰 冷 洞 房

在一个春暖花开的季节,清悠悠的泾河水无声无息地流淌着,一位长得很美的姑娘正在河边洗衣服。冰凉的春水泡得她的手臂通红通红,但她熟练地又搓又洗,一会儿,便洗完了。她站起身子,伸了伸细细的杨柳腰,拢了拢乌黑浓密的披肩长发,然后凝视着水中自己的身影,脸上露出了甜甜的娇笑。

这姑娘名叫芳妮,是石匠张广田的女儿,恰值青春妙龄。她温柔善良,勤劳能干。十三岁那年,她考上了初中,可父亲却说:"别念了,能认得钱就差不多了,女孩子只要把针线茶活学精学好就行,念的书多了,不土不洋,落得个小姐身子丫环命,好吃懒做怕劳动,日后到了婆家,让人指脊背骂祖先。"父亲此话一说,从此,芳妮就失学在家了。不过,她心灵手巧,很快就学会了针织、刺绣、缝纫,尤其做得一手好茶饭。她擀的面条,薄如纸、细如线,下到锅里莲花转,把人吃得直冒汗。

像芳妮这样既漂亮又能干的姑娘,自然有不少人前来求亲。可芳妮她爸是个出了名的"张难缠"加吝啬鬼,人们送给他一段顺口溜:"张村有个张老汉,顿顿吃饭把门关,蝇子嗛他一颗米,追了蝇子几十里,要不是怕鞋跑烂了,还要追到泾阳县。"张难缠除了难缠、吝啬,还很糊涂,看女儿长得好看有本事,就存心把女儿卖个高价。因此,上门来求亲的,一听他的开价,全吓跑了。

这一天,以说媒出名的牛大拿前来张家提亲。他一见张难缠,就满脸堆笑地说:"难缠哥,我给咱芳妮瞅了个对象。马家湾有个姓马的万元户,家里钱多得压撅撅哩,人称马三万,他有个独苗儿子,不吸烟、不喝酒,瞎瞎毛病都没有,白白手,嫩指甲,一看像个念书娃。礼钱么,你干脆一次说足说够说定,君子一言,快马一鞭,不要花轿到门前,还得叫人出个老牛钱。"张难缠不假思索地说:"大拿兄弟,咱打开窗子说亮话。如今钱不值钱了,这礼钱么——你叫我一次说足说够说定,我也就不客气了。好,照顾费一千元,扯布费七百元,待客费三百元,嫁妆费六百元,人情费四百元,合起来三千整。多一分不要,少一分没门。"牛大拿笑了笑说:"不多不多,对马三万说来,只要能娶个称心如意的儿媳妇,他不在乎钱。"张难缠一听口气,后悔刚才没有多要,可话说出去了,不好再改口,于是打肿脸充胖子说:"人都说我难缠难缠,其实也不难缠,只要能给我芳妮找个体体面面的女婿,白送我也情愿。人活到世上,也不能光是钱钱钱的。钱是个啥东西?人身上的垢甲么!"三天过后,牛大拿把马三万的儿子马锁柱领到张家亮相。

锁柱个子不高不矮，不胖不瘦，嫩皮细肉，说话柔声柔气，腼腆得像个大姑娘，张难缠和他老婆一见，喜上眉梢。牛大拿悄悄问芳妮："有意思没有？叔这个红娘是个高水平的红娘，不包办。"芳妮莞尔一笑，没吭声。牛大拿知道是同意了，挤眉弄眼地说："看看看，月老拿红线把你俩拴住了，爱情爱情，不爱没有情，一爱便有情。这个喜酒么，叔要喝个一醉方休！"

又过了三天，牛大拿领芳妮去马三万家看家。马三万见芳妮长得如花似玉，高兴得开怀大笑，心里暗暗说："三千块钱不多，值，值！"马三万的老婆王彩娥虽然已是半老徐娘，可风韵犹存，而且她极能干，脑子活、点子多。不过由于脑子太活、点子太多，常常自作聪明，也干了些聪明反被聪明误的蠢事，所以得了个绰号叫"能不够"。能不够见了芳妮，围着芳妮转圆圈，把芳妮看过来看过去，看着看着，忽然一撮嘴，在芳妮那绯红的脸蛋上亲了一口。这个突如其来的动作，把芳妮弄得脸蛋像个水蜜桃。能不够笑道："啊呀呀，我娃像个电影明星么！妈太喜欢你了，喜欢得都没法说了。"

男女双方两相情愿，双方家长皆大欢喜，看来婚事不成问题。

一天，芳妮妈在外边听说锁柱是结过婚的人，刚离婚不久，心里一"咯噔"，赶忙回家把此事告诉张难缠。张难缠却满不在乎说："结过婚怕啥？老脑筋，不开化。你都不想一想，凭人家锁柱的家道和人样，若不是结过婚的，恐怕也不会给咱三千块钱。"芳妮妈说："老头子，你得打听清楚为啥离的婚，如果那锁柱不是好东西，他爸他妈也不是正经人，咱可不能把女儿往火坑里扔。"张难缠觉得有理，决定去暗访一下。经过私访，回来说："娃他妈，放心放心，你放一千条心。马家湾的人都说，马家把锁柱原来的媳妇当神敬着哩，那媳妇是狗肉促不上席的东西，身在福中不知福，硬把婚离了。"芳妮妈无话可说了，但也没把此事告诉芳妮。

过了一个多月,牛大拿来张家商议结婚日期。张难缠板起脸说:"大拿兄弟,你咋骗人呢?那马三万的儿子是结过婚的,我女儿不呆不傻,不少胳膊不少腿,真个是嫁不出去了,活该给人家填房?"牛大拿却说:"难缠哥,现在是八十年代了,你的老观念应该更新了。"他边说边从怀里掏出一个红纸包递给张难缠,"马家有信有义,知道你家娃们多,经济有困难,特意又送了五百元照顾费。够意思了吧?"张难缠见钱眼开:"大拿兄弟,你是肚子里有墨水的人,见多识广,老哥听你的。"牛大拿说:"马家提出五一节结婚,你看呢?"张难缠掐指一算:"一个月的准备时间,太紧张了吧?"牛大拿和张难缠咬了咬耳朵,张难缠连连点头。

不料第二天,芳妮收到一封匿名信:

芳妮姑娘:

你千万千万不要嫁给马家,如果你嫁给马家,后果不堪设想。

芳妮看罢匿名信,脑子里一个问号接着一个问号。她思来想去,感到终身大事不能马马虎虎,便向父母亲提出推迟婚期。张难缠见女儿变了主意,数落道:"人前一句话,马后一鞭子,说出去的话怎能不算数?娃呀,你不要胡思乱想了,跟马家是跟定了。咱家穷,说句不好听的话,就凭马家给咱们的照顾费,就能给你两个兄弟说媳妇呢!你若孝顺我和你妈,就按我说的话办。"

芳妮是个孝女,听父亲的话说到这般地步,只得违心同意。

五一节,芳妮同马锁柱结婚了。

新婚之夜,新娘芳妮羞答答坐在炕头。她穿一件深红色的紧身线衣,把个胸部勾勒出柔和健美的曲线;她的头发在电灯光的照射下，黑得发出一种幽幽的蓝光；她的粉脸由于害羞的缘故，不时泛起朵朵红云。夜深了，她见锁柱送走了最后一批闹新房的年轻人，走进新房，关好房门，她的心顿时充满了甜蜜和紧张。她偷偷瞟了锁柱一眼，那水汪汪的大眼睛蕴藏着无限的柔情蜜意。芳妮已经是个完全成熟的姑娘了，她从电影上也看过情男痴女拥抱接吻的镜头，蒙蒙眬眬意识到男女结婚大概就是那么一回事。

她怀着一种又喜又怕又羞的复杂心情，等待着锁柱来拥抱她、狂吻她，那她就毫不犹豫地投到锁柱的怀抱。是啊，哪个女子不怀春？哪个男子不钟情？

但是，她怎么也没想到锁柱关好门后却木然地站在那里，呆呆地看着她，过了好大一会儿，才冷冷地说："你先睡吧。"说罢，从抽屉里随手取出一本书，正襟危坐，旁若无人地看起来。

芳妮的自尊心被刺伤了，感到一种被人轻看的羞辱，刚才那种蒙眬的幸福感顿时烟消云散。她只得脱去外衣，钻进被窝之后，在心里作了种种猜测：难道他不喜欢我？难道他是一个傻女婿，不晓床帏之事？莫非他害羞要等我睡着了……可他是结过婚的人呀！芳妮最后拿定主意：我不能先亲近你，那样我就太下贱了，你嫌羞，我更嫌羞。于是，她放下蚊帐，侧着身子，微眬着眼睛在审视着锁柱。只见锁柱聚精会神在看书，他似乎被书中某个情节感染了，脸上浮现出痛苦而复杂的表情，大约又过了一个多小时，忽然他"唉"地发出一声沉重的叹息。听到锁柱叹息，她猜想锁柱或许有什么难言之隐。她为了探个究竟，便故意发出鼾声，又不知过了多长时间，锁柱听见芳妮发出均匀的酣睡声，这才放下书，拉开另一条被子，拉灭电灯，和衣睡下。

其实芳妮并没有睡着，她怎么睡得着呢？

芳妮本以为锁柱会有些表示的，可锁柱什么也没有表示。她心冷了，泪水也不由地淌下来。

荒 唐 求 助

芳妮的泪水淌湿了枕巾,又不知过了多长时间,才蒙蒙眬眬入睡了。但是,就在芳妮暗暗流泪之时,在新房外却有个人在听墙根,此人不是调皮的小伙子,却是锁柱的母亲能不够。能不够侧耳细听,听来听去听不出名堂,她似乎也感到一阵凉意。她轻轻叹了声气,悄悄溜回到自己的房里。马三万也没睡,他见能不够回来,急忙问:"有情况吗?"能不够垂头丧气地回答:"唉,没情况!"

锁柱为什么对芳妮这么冷冰冰?马三万夫妇又为何偷偷摸摸听墙根?要知其中奥秘,故事还得回过来从马家是如何成为万元户说起。

泾渭河畔都是大片沙滩地,沙滩地盛产红苕,这红苕除了能直接食用,还可以加工成粉条。马三万瞅准这个路子,在自己家里开了一爿粉条作坊,经营粉条生意。红苕这东西不容易长期保管,当地农民种的多了,吃不完,就低价卖给马三万;马三万同城里土产门市部订了购销合同,所以他的粉条生产再多也不愁销路。三年时间,他一跃成为万元户。

马三万粉场的技工姓刘名成,是从河南来的小伙子,长得虎气、结实,因家里没了父母,前几年来陕西卖力气、卖手艺,在马家湾承包了二十亩河滩地。他能吃苦,又懂技术,种的西瓜就是和人家的不一样。不料想当瓜蔓刚刚开花、结果时,一场冰雹把满地西瓜砸了个稀巴烂,刘成半年辛苦一场空,还欠了地价一千元。想想走投无路,打算一死了之,就在他正要投河自尽之时,恰巧被能不够发现拉住了。能不够是个软心肠的人,把刘成叫到自己家里,好言相劝,耐心开导,鼓励刘成以后瞅机会再谋出路。一席话,说得刘成热泪盈眶,"扑通"一声跪倒在地,要认能不够为干娘。能不够还没来得及表示，一旁的马三万开了腔："好，刘成，她是你的干娘，我便是你的干爹!"说着，把刘成扶起来。

马三万是个精明之人，他心想：这河南小伙子能吃苦，有技术，人又老实本分，认干儿绝不会吃亏，起码是个廉价劳动力，因此当即表了态。从此，刘成就以干儿子的身份吃在马家、住在马家，给马家干活。粉场赚利后，能不够说："刘成呀，干娘我不会亏待你的。吃喝除外，一年给一千块工钱，三年后，你拿上三千块钱，想回河南回河南，想在陕西当上门女婿，干娘给你打听下家。"刘成听罢，诺诺连声，感激不尽。人常说，滴水之恩当涌泉相报。刘成拿什么报答呢？他唯一能报的是力气，他没黑没明地干活，除了做粉条，还拉土垫圈，担水扫院，样样都干，十分勤快。马家粉场年产十几万斤粉条，都是从刘成手里经过的，刘成为马家发家致富立下了汗马功劳。

刘成和锁柱同庚，比锁柱晚生两个月，把锁柱叫哥，芳妮嫁过来后，把芳妮叫嫂子。

这天，马三万租了一辆大卡车，装了一车粉条，和锁柱一起送往城里的土产门市部，直到天黑了，还不见回来。芳妮擀了一案板细白的长面条，又把猪肉剁成臊子炒好，锅里添了水烧开，只等阿公和丈夫回家，立等便能吃上喷香可口的饭菜。可是等到过了晚饭时分，仍不见父子俩归来。能不够吩咐芳妮："芳妮，咱们先吃吧，开船不等岸上人，你和刘成忙奔了一天都乏了，吃了饭快去歇息，锁柱和他爸回来了我侍候。"芳妮应了声"嗯"，便风摆柳似的走进厨房，不大工夫，便把三碗面条端到堂屋的大方桌上，喊还在粉场忙活的刘成吃饭。

一会儿，只见刘成揞着一只眼睛从粉场出来，能不够关切地问："眼睛咋了？"刘成说："叫灰尘迷了，干娘，你替我吹一吹。"能不够呵呵笑道："我老眼昏花看不清，你不会请你芳妮嫂子给你吹吹?"刘成脸一红,尴尬地站着不动。能不够眼睛飞快地眨了眨:"怕啥?你芳妮嫂子又不是老虎,吃了你?脑袋瓜还怪封建的。"

芳妮倒落落大方地走到刘成面前,伸出纤细灵巧的手指翻开刘成的眼皮,猛地吹了一口气,接着掏出散发着香皂气味的手绢,抖了一抖,轻轻擦拭着,一边擦一边小声问:"还疼不疼?"刘成第一次感受到一个年轻女人的气息,心里有一种说不出的滋味。吃饭时,芳妮说她不怎么饿,把自己碗里的面条拨出一半给刘成:"刘成,干净着呢,你吃了吧!"能不够又敲起了边鼓:"刘成,你嫂子好心叫你多吃你就多吃,不吃白不吃。"说得刘成和芳妮都笑了。

吃罢饭,又等了一会儿,仍不见马三万和锁柱回来,芳妮去睡觉了。能不够关上大门,悄悄把刘成叫到自己房里,说:"成娃,干娘有要紧话对你讲,你坐下。""你说吧,干娘,我听着。"

能不够欲言又止,沉默了半晌不开腔,只是用欣赏的目光静静打量着刘成那健美的躯体。刘成上身穿件汗衫,下身穿条短裤,露出的肌肉是那么结实、那么富有弹性,散发出小伙子的青春活力。此刻小伙子发现干娘用奇怪的目光看着自己,感到莫名其妙:"干娘,有啥话你就直说吧,我听着哪!"

能不够脸上抹去了往日的温和慈爱,露出一种非常庄重的神态,郑重其事地说:"成娃,干娘今晚给你说的话,你不要大惊小怪,也不要给旁人说,行么?""行!""你发个誓!""我发誓,干娘,你叫儿朝东儿不朝西,你叫儿朝南儿不朝北,你叫儿磕头儿还要作个揖。儿要是不守信用,天打五雷轰,不得好死!"

"好,不愧是娘的干儿,不亏娘爱你一场。"能不够的脸色又缓和下来,慈母的爱怜又重新在她的眼睛里闪光。她用一种半认真半开玩笑的口吻说:"成娃,你看你芳妮嫂子好不好?"

刘成脱口而出:"好呀!""漂亮不漂亮?""当然漂亮!""你喜欢不喜欢?""喜欢,我今生要是能找到像我芳妮嫂子这样的女子作伴侣，那就心满意足了，来世变牛变马也心甘情愿。"

"好，那你现在就和她同炕睡觉去吧！"

"干娘你……"刘成仿佛听见一声惊雷，吓得膝盖一软，跪倒在地，结结巴巴辩解说，"干娘，我刚才话没讲清楚，我可没对我芳妮嫂子怀邪心、起歹念呀！我若有不规矩、不检点的地方，你往我脸上唾，朝我脸上打！"

能不够忙把手放在嘴边轻轻"嘘"了一声，示意刘成声音放小点，然后小声地疼爱而又凄然地说："成娃，你走得端、行得正，没错。你听干娘把话说完，你锁柱哥不成器，男不像男，女不像女，白白空守着你芳妮嫂子无能为力。我恐怕时间一长，芳妮听人挑拨要跟锁柱离婚，离了婚，马家就绝后了，我老两口将来老了，也无人照看了，锁柱将来老了更可怜，也是光杆司令一个，孤孤单单。我想来想去，想出一条妙计，想借你的身子让芳妮嫂子怀上个娃，有了娃，她就没有理由离婚了，马家有后代了，一河水都开了，万事都如意了。"

刘成为难地说："干娘，别的事你叫我咋干我咋干，唯有此事万万干不得。这是违法的事，再说那么干了，我怎么对得起锁柱哥和芳妮嫂子？怎么对得起你和干爹对我的恩德？我、我、我没贼心也没有贼胆！"

"成娃，你只有那么干了，才对得起你干爹和我，你能忍心眼睁睁看着我们马家绝后么？"

"这……"

"你真傻，你芳妮嫂子现在还是个百分之百的黄花闺女，干娘让你去享受，又不是让你上刀山下火海。这美事打着灯笼难寻，多少人想出个骡子牛马钱也买不来，放在别人身上，怕都喜疯了，可你……"

"我不能那么去做，人活到世上应该有个道德！"

"你给我滚！"能不够勃然大怒，骂道，"没良心的东西，老娘再求你个啥？道德？你道德今辈子就不要结婚了。真是碗大个西瓜，一柞厚的皮，瓜实了，痴熊闷种，滚!"

刘成流着眼泪说："干娘，你别生气。我这就走，我一辈子也忘不了你对我的好处，我往后会来看你的，你多保重。"

刘成走了几步，回头一望，见干娘泪流满面，他犹豫了。是呀，三年前刘成来马家湾时穿的衣服早已成了破烂，是干娘给他另缝了新衣；这三年来，他住马家的房，吃马家的饭，穿马家的衣，干娘对他胜过亲娘，他就这么一走了之吗？他的心好似钢针在刺，他迈不开步子了。

能不够颤颤巍巍走到刘成跟前，拉住刘成的胳膊双膝一跪。刘成慌忙扶起干娘，哭道："干娘，你这不是糟蹋我么？"

能不够大诉心头的苦衷："成娃，这事只有你干最保险。若是换个别人，世上没有不透风的墙，传出去你锁柱哥没脸见人，我和你干爹在人面前也说不起话。虽说没人敢在咱槽上来认马驹子，可村里人背地里会说马家生的是野种。再说，要是给哪个坏东西把瞎瞎毛病惯下了，请客容易送客难，后患无穷。你老实、厚道、本分，芳妮一旦怀上个娃，你就洗手不干，你不会给旁人说三道四，干娘相信你，你的娃也是干娘的孙子呀！成娃，干娘求你了，你不答应干娘就不起来。"说罢，又老泪纵横地跪倒在地。

情 丝 难 断

芳妮怀孕了。

马三万乐得走在村里，昂首阔步，扯着嗓门唱秦腔乱弹。能不够不胜欢喜，对芳妮百般照顾。芳妮走路，她像母鸡护小鸡似的跟在一旁边走边叫："走慢点，小心把腰拧了!"芳妮想干点零活，她忙加阻止："快歇着去，甭动弹，想吃啥，尽管说，妈给我娃打鸡蛋。"芳妮吃饭,她在一旁加油打气:"多吃点,吃得多,营养好,日后生的娃娃胖!"锁柱呢,说不上高兴,也说不上不高兴,阴阳怪气,喜怒无常,脸上的表情时而晴转多云,时而多云转阴,阴天偶然还有小雨,一次,芳妮发现他躺在炕上偷偷淌眼泪。

芳妮半喜半忧,喜的是婆家待自己不错,忧的是既享福同时也在受罪。她心里有不可告人的苦衷,结婚后,锁柱只是无动于衷地摸摸她,有时也冷冰冰地亲亲她,兴奋时也想干什么,但始终也没有干什么。她感到诧异、茫然。当她本性冲动之时,她明白了,锁柱对她乃是画中的饼不能充饥。有什么办法呢?她羞对人言,连母亲也不好意思告诉,甚至有时连想也不敢多想。那么想了,就不是一个正经女人了。这便是芳妮的观念。而她并不知道这观念是多么陈旧、荒唐、愚昧。那天晚上,她从梦中醒来,迷迷糊糊感到一个人体,闻到一种男子汉特有的气息,受到了一种刺激,她本能地配合了,从而也就得到一种快感。当她发现那人不是锁柱时,女人的羞怯、良心的责备、贞节被毁的慌恐,一起涌上心头。她发疯似的用手指去抓那人的脸面,大声惊呼有坏蛋。能不够闻声起来,拉开芳妮的手,悄声说:"芳妮,别喊叫,他不是坏蛋,他是刘成。"

刘成脱了身,却不敢逃走。

芳妮扑到能不够怀里哭诉:"妈呀,我没脸活了,你叫我死!"哭了阵,猛地从能不够怀里挣脱,去摸电灯泡,幸好电灯关着,这才没有触电身亡。刘成吓坏了,茫然不知所措。过了一会儿,他从慌乱中清醒过来,镇静地对能不够说:"干娘,你让我投案自首去吧。你放心,我不会说是你让我干的,就说我自己鬼迷心窍犯了罪,让法律惩罚我吧。"

这下子能不够倒乱了方寸,慌了手脚,眼下,一个要自尽,一个要投案自首,她不知道由自己一手导演的这出荒唐戏该如何收场才好了。忽然，她想起自已还有一种没有使用的武器，或者说是一件法宝，那就是眼泪。说到眼泪，她有的是，也来得快。只见她眼一挤，嘴一咧，动了哭声，眼泪"扑簌簌"流下来，流到芳妮的脸蛋上。她边哭边说："芳妮呀，刘成呀，家丑不可外扬呀，肉烂在咱锅里，你两个贵贱不能胡思乱想，听妈的话，甭吭声；不听妈的话，妈也去死，咱一家子都死，一坑埋！"

能不够这一招果然奏效，刘成不再喊叫了，芳妮不再哭闹了，反过来一起来安慰她了。

能不够见芳妮和刘成两人不叫不闹了，心里踏实了许多。她寻思：这下可好了，张家教女有方，教出来的女子果然有德行，想必她怀上了娃以后不会有什么三心二意，也不会招蜂引蝶，既怀娃又贞节，两全其美，难能可贵。刘成是个有良心的小伙子，等芳妮怀上娃之后，说些好话，给他些工钱，把他打发走，谅他出去也不会胡说八道。他胡说八道，谁信？

可是，能不够打错了算盘。

刘成尽管忠厚老实，但老实人不一定干老实事。起初，他的确是违心从命的，可当他和芳妮发生关系以后，情窦大开，心醉神迷，于是就难以控制自己了，情不自禁地一次、二次、三次，和芳妮暗地里做了三个月夫妻，两人从最初的肉体吸引上升到精神吸引，两颗心发生了撞击共鸣，产生了爱情。

这事儿能不被能不够看在眼里？这天，能不够沉着脸对刘成说："成娃，我说过好几次了，让你和芳妮一刀两断，你咋没有记性？当初请你去，你哭着赖着不肯去；如今不让你去，你偷着摸着总想去。这可奇了怪了，莫非是狗忘不了吃屎？"

刘成被训得面红耳赤，耷拉着脑袋，说不出话来。

能不够又教训道："人心要知足，人心不足蛇吞象。我把个花朵般的媳妇让你白白睡了，就够意思了，你总不能吃饱饭不丢碗么！日子长了，让你锁柱哥看见了，他心里窝囊不？让你干爹看见了,生气不?让村里人知道了,名誉好听不?当初你说人应该有道德,你的道德现在叫狗吃了?"

刘成微微抬了一下头,满脸愧色,喃喃道:"干娘,我保证往后不和芳妮来往了。"

"这才像个乖娃好娃,也不枉干娘疼你一场。"能不够脸上有了喜色,想了想,又正言厉色地叮咛:"成娃,说不往来就坚决不要往来,往后要是再胡来,莫怪干娘翻脸不客气!"

从此,刘成故意冷落芳妮,忍痛割爱。芳妮给他说话,他爱理不理;芳妮给他暗送秋波,他装作没有看见。一天中午,芳妮在井边洗衣服,刘成去担水,芳妮一瞅四下无人,把洗衣盆的清水有意撩到刘成脚面上,逗刘成说话。刘成心里一热,欲言又止。芳妮噘着小嘴埋怨说:"刘成,你真的不喜欢我了?"刘成硬着头皮说:"芳妮,咱都死了那条心,今生无缘,来世再做夫妻吧!咱们好,就好在心里。"芳妮半羞半怒:"哼,想不到你原来是个没良心的薄情郎。"刘成戚然道:"干娘骂我没良心,你也骂我没良心,做人真难啊!干娘下了令,不让我和你往来了,说再来往就对我不客气了。我名不正、言不顺、理不直、气不壮,有啥办法呢?芳妮,希望你能理解我。"说着,眼泪汪汪的。芳妮见刘成伤心落眼,眼泪也止不住流下来,自怨自艾地说:"唉,都怪我命苦。刘成,错怪你了,你别往心里去。"芳妮一哭,哭得刘成心如刀绞。

当晚,芳妮睡下之后郁郁寡欢,闷闷不乐。锁柱满脸怒色,问芳妮:"你中午和刘成在井边说什么话来着?感情那么深的,都哭了。"芳妮不作声。锁柱眼露凶光,猛地扑上去在芳妮脸蛋上咬了一口,芳妮脸上立时被咬出两排带血痕的牙印,她疼得双手捂住脸蛋,可又不敢吭声。锁柱骂道:"你这个骚货、烂鞋、可怜虫,不知羞耻,不懂得什么叫爱情。我本来是很爱你的,可你竟然不知道爱我,你跟畜生一样,只知道肉体快活,哼,我叫你快活。"锁柱越骂越怒，妒火攻心，恶狠狠地把手伸进芳妮的胯下，用手指狠狠去抠芳妮的下身。芳妮疼得"哟"一声惨叫，浑身痉挛，脸色变得苍白。

锁柱感到一种满足，冷笑了几声又说："你必须在感情上和刘成一刀两断，全心全意地爱我，就像林黛玉爱贾宝玉那样爱我。爱情不是性爱，林黛玉和贾宝玉没有结婚，但是他们的爱情很高级，你懂吗？"

芳妮昏死过去了。当她苏醒过来的时候，发现锁柱正疯狂地在自己身上吻着，摸着，边吻，边摸，边发出比哭声还难听的笑声："哈哈，你是我的林黛玉！你是我的林黛玉！"

锁柱的笑声传到能不够耳朵里，她以为奇迹出现了，不禁心花怒放，把她那白蚕一般的身子紧紧靠拢着马三万，说："娃他爸，听见没有？锁柱吃了特效药，说不定有本事跟媳妇睡觉了。"马三万在想他的心思，只是"嗯"了一声，气得能不够骂了一声："木头！"

刘成也没有睡着，听见芳妮那一声惨叫，出于保卫的本能，他一骨碌从床上爬起来，握紧拳头，向门外冲去……

可 耻 交 易

刘成握紧拳头冲出去，准备去和锁柱论理。可是刚迈了两步，便听到锁柱的笑声，他顿时怔住了，不由立住脚：我去论什么理呢？人家夫妻之间闹纠纷，与你有何相干？这么一想，他又回到床边，颓然地倒在床上。

芳妮在被锁柱蹂躏的过程中，自然而然地想起了刘成。她没有勇气反抗锁柱的折磨，任凭锁柱为所欲为。她心想：马家掏高价买了自己，不就是为着让锁柱享乐么？她忽然想起结婚前收到的那封匿名信，后悔自己没有听写信人的劝告嫁给了马家。

信上说如果嫁给马家,后果不堪设想,还有什么后果呢？她不敢往下想了,眼泪像断了线的珠子,浸湿了两鬓的秀发,浸湿了绣花枕头上的一对鸳鸯。

锁柱男性不足是先天性的。他是一个"阴阳人",他曾到好几家大医院作过检查,医生们都无能为力,只能表示同情和遗憾。可是,锁柱不甘心承认这个无法改变的事实,一日,他听人说外县有个老中医专治奇病怪症,于是抱着侥幸的心理前去求医。一去几天未归。

这天吃午饭时,芳妮悄悄对刘成说:"晚上你来,我等你!"

晚上,刘成心里矛盾极了,去不去？他一时拿不定主意。去吧,对不起干爹干娘,对不起锁柱,何况自己给干娘作了保证,不能说话不算数呀! 不去吧? 实在难舍芳妮。一股难言的惆怅搅得他心神不定。夜深了,他从门缝里偷偷往外望去,见干爹干娘房里的灯灭了,芳妮房里的灯还亮着,窗纸上映出芳妮头部的侧影。一见那侧影,刘成心里禁不住一阵骚动,在他眼前立即浮现出芳妮那一头乌黑光亮的披肩长发,那一双清澈的略带一点哀怨的大眼睛。此刻,他的心境和他儿时想偷吃邻家树上的杏子差不多,被一种甜蜜的犯罪感困惑着不能自拔。芳妮虽好,不属于他,可芳妮发誓只爱他,他也发誓只爱芳妮。怎么办呢? 最后,刘成下定决心去和芳妮幽会。

这天晚上没有月亮,几颗星星怯生生地眨着眼睛,天黑得如同泼墨一般,空气又闷又热,远处不时传来几声沉闷的雷声。刘成估计干爹干娘已经进入了梦乡,他轻轻拉开房门,一阵大风扑面而来,风里夹杂着一股潮湿的腥味,呛得他几乎透不过气来。

这时芳妮拉灭电灯,躺在炕上辗转反侧,盼望着心上人的到来。结婚后,她试图用整个身心去爱锁柱,不知为什么,就是爱不起来,也不知道如何去爱。锁柱说她不懂得什么叫爱情,她承认不懂得,可她知道爱情是甜蜜幸福的,同锁柱在一起既不甜蜜也不幸福,而一见刘成便感觉到了,即使不见面,心里想那么一下也有了。真是微妙得很!锁柱骂她是骚货,她觉得骂得有理也无理。一方面委身名正言顺的丈夫,忍受丈夫的辱骂和蹂躏,一方面又和心上人偷偷幽会,享受心上人的爱抚和亲吻;一方面感激马家对她的好处,一方面又干着对不起马家的丑事。这便是芳妮采取的方法。她的头脑太简单了,想不来更复杂的问题。

屋外,天更黑了,风更大了,雷声由远而近。

虚掩的房门被推开,闪进来一个黑影。芳妮凭直觉感到那正是她心上的人儿,用气音呼唤道:"刘成!"刘成也轻轻叫了一声:"芳妮!"两个偷情的人同时感到一种冲动和颤栗,紧紧地拥抱在一起了……

这时,一个黑影幽灵似的躲在窗外,竖起耳朵偷听,这黑影不是别人,正是马三万。

能不够被雷声惊醒,伸手去摸丈夫的被窝,被里空空如也。她骂了一句:"这个老东西,到半夜心里起啥窍了?"翻身坐起来,从窗口望见芳妮房里灯亮着,听见丈夫在那里大吼大叫:"你们两个畜生,畜生!"她慌忙穿好衣服,跑过去一看,只见芳妮和刘成赤身裸体跪在地上,丈夫双手叉腰站在那里,怒不可遏。能不够首先想到的是芳妮肚子里的婴儿,忙把芳妮拉起来扶到炕上,用被子捂住,转过身,指着丈夫破口大骂:"你这个挨千刀的老狗,昏头了,把娃冻感冒了,我叫你赔!"

马三万忽然感到自己有所失误,他一边低下头,一边用眼角的余光偷偷瞅看芳妮那丰满的乳房。能不够冲马三万和刘成喝道:"都给我滚出去。"马三万如梦方醒,恋恋不舍地走出去了。刘成羞愧难当,双手抱头,落荒而逃。他一出门,就被马三万一把抓住衣领,推推搡搡揪到自己房里问罪,刘成既不反抗,也不吭声,等候发落处置。马三万喘了几口粗气,说:"刘成,我不骂你、不打你,也不叫你说对得起、对不起的话,我只想跟你讲一讲道理。芳妮是我花了三千多块钱娶来的,让你给睡了,你说咋办? 我想只有两条路:一是把你送到法院,定个强奸妇女罪,至少判你十几年徒刑;二是你赔我三千块钱,事情就算了结。我算来算去,你的工钱刚好是三千块,咱们一笔勾销,啥话不提。咱们不要吵、不要闹,和和平平、仁仁义义把事了了。你就算损失三千块钱,钱算个啥东西? 人身上的垢甲么。人生在世图个啥? 不就是吃吃喝喝、玩玩乐乐么? 你总算把芳妮享受了,划得来呀! 你想一想走哪条路,随你的便。"

这时,屋外陡然响了一声炸雷,随之倾盆大雨从天而降。刘成听了马三万的一席话,比听了炸雷还要吃惊。但吃惊也无用,马三万把话说绝了,他只能听天由命。

马三万见刘成就范,笑眯眯地夸奖说:"刘成,你不愧是个有知识有文化的人,真聪明! 好,口说无凭,你先写个检讨书,再写个文约。"

刘成可怜巴巴地望着马三万:"干爹,我绝不后悔!"

马三万穷追不舍:"不写不成,最起码要写个检讨书,就写你把芳妮奸污了。你不写,就是存心日后赖账。你放心,检讨书我绝不让第二个人知道,坚决保护你的名誉。"刘成仿佛跌进冰窖里,身心都冷透了,含泪拿来纸笔,写了一封检讨书,双手交给马三万。

马三万如获至宝,把检讨书折叠好,小心翼翼装进贴身衣袋里,然后对刘成说:"这事往后都不要再提了。愿意在我家干,你就留下继续干,我欢迎;不愿意干,你走你的路,我不勉强。"

刘成明白马三万在下逐客令,想起自己这几年流落他乡,寄人篱下,吃了不少苦头,眼下又遭到这意外打击,不禁泪流满面,什么也没拿,冒着瓢泼大雨走了。

马三万瞅着慢慢而去的刘成,得意地笑了,原来今晚捉奸,是他蓄谋已久的一着妙棋,也是一笔交易,而今未费什么力气,白白赚了三千块。

再说能不够,她没有责怪芳妮,她怕芳妮遭到羞辱,一时想不开寻了短见,弄得鸡飞蛋打一场空。她好说歹说,总算把芳妮劝住了。芳妮说:"妈,这事不怪刘成,都怪我不好。你给我爸说,不要叫他难为刘成。我把话说在前头,刘成要是有个三长两短,我也坚决不活了!"能不够拍胸表示:"你放心,不难为刘成。刘成是好娃,我一直把他当亲娃一般看待,你又不是不知道。"

能不够从芳妮房中出来,就去找刘成想去安慰一番,但找来找去找不见。去问马三万,马三万说刘成干了错事,没脸再见干娘面,已经走了。

能不够心里的气不打一处来,骂道:"你个老狗,心就这么毒么? 娃刚刚干了房事,你把娃逼到雨地里,热身子淋冷雨,存心要娃的命啊?"马三万支吾道:"我没逼他,他自己要走,我有啥办法。""刘成心窄,要是寻了短见,让你坐法院!""他给我写了检讨书,要是寻了短见,就算畏罪自杀,与我无关。事情已经了结了,咱不去法院告他。他不要工钱,说起来咱也够宽宏大量了。"

能不够一时听不明白马三万的话,等马三万把前后经过一说,气得她浑身发抖,咬牙切齿骂道:"你这老狗,你太缺德了,咋没长一点良心? 咱家发财当万元户,刘成立了大功,你就忍心讹人家娃子的工钱,把人家娃子撵出去? 这事叫旁人知道了,指你的脊背,骂你的祖先!"马三万冷冷一笑:"良心? 良心多少钱一斤? 是黑的还是红的? 这叫周瑜打黄盖,一家愿打,一家愿挨!"能不够忍无可忍,身子一抖,猛地用头顶在马三万的肚皮上,马三万猝不及防,被撞倒在地,跌了个仰面朝天。

能不够披了件雨衣,拿了一把雨伞,顶风冒雨去找刘成。她踏着泥泞,高一脚、低一脚朝附近的火车站奔去,一边奔走一边呼唤:"成——娃——快——回来……"

泪 水 难 流

芳妮终于生了个胖小子,取名福广。福广长相不像芳妮,也不像锁柱,却极像刘成。刚生下来还显不出,长到半岁多,连笨蛋也能一眼看出这是刘成的翻版。但不管怎么说,名义上总算是马家的后代呀!所以,马家视福广为掌上明珠、心头之肉。母随子贵,芳妮生了福广,能不够对她更加器重,不让她干活,但也不准她串门子,好衣服尽她穿,好东西尽她吃,能不够想方设法让她高兴,企图稳住她的心。可芳妮却高兴不起来,她心里无法抹掉刘成的影子,每日愁眉苦脸、情思昏昏。

刘成走后,马家不开粉场了。马三万认为自己该享清福了,隔几天便上县城下馆子、看大戏,有空时抱着福广在村里东游西逛听闲传。一次,村里有个爱说怪话的调皮鬼故意逗马三万:"大叔,你抱的是接班人?"马三万头一扬:"接班人,接班人么!"

"接班人像你,也像锁柱,像一个模子倒出来的。"

"那当然,我们马家的种么!"

可锁柱却从来不抱福广,他清楚这小东西不是自己的骨血。不但不抱,有时还偷偷拧福广的屁股,疼得福广"哇哇"大哭。锁柱一心想成为一个真正的男子汉,整天胡乱吃药,身体日见消瘦,脾气越来越古怪,每天晚上,他还要成精作怪地折腾芳妮,芳妮如果不从,他便拳打脚踢,恶言秽语辱骂。

马三万对芳妮早已起了邪念,他每次从芳妮怀里接过福广抱的时候,手总是装作无意的样子触摸芳妮的乳房。起初,芳妮还以为阿公是无意的,但那老狗每次都是如此,芳妮便觉察出来了,却不便当面戳破,她怕如果戳破,那老狗反咬一口,说她贼人有贼心,她纵然有一百张嘴也说不清了。她只好忍气吞声,权当没那么回事。可恨的是马三万把芳妮的沉默认为是默许,一有机会便对芳妮动手动脚，丑态百出，芳妮真是哑巴吃黄连，有苦说不出。

有一天，芳妮又收到一封匿名信，信是这样写的：

芳妮：

实话告诉你吧，我是马锁柱的前妻，我非常同情你的不幸。听说你已经有了孩子，这孩子究竟是谁的呢？你比我心里更清楚。你完全有理由和马锁柱离婚，然后大胆去追求你的幸福。希望你能打破旧道德、旧观念，祝你早日得到幸福。握手！再见！

这封信给了芳妮鼓励和希望，她回到娘家，把心里的苦衷告诉母亲。她原以为母亲会支持她，谁知母亲却说："芳妮，你有孩子了，不能离婚。你说锁柱不是真男人，人家问你哪里来的娃，你咋说呢？人活脸，树活皮，女人活到世上，名誉最要紧，不光你在人前说不起话，福广将来长大了，也在人前抬不起头，何苦呢！马家是个万元户，再过十几年，家产还不是你和福广的？"芳妮哭道："妈，你就忍心让我活守寡？我阿公也不像个正经东西，常常对我动手动脚，你让我咋样活人呢？"芳妮妈见女儿伤心落泪，心软了，便和丈夫商量。

张难缠一听，不问青红皂白，对芳妮一顿臭骂："离婚？不要脸！马家对咱有情有义，你兄弟结婚时，你阿公又帮助了几百块钱，你知道不？马家把你当神敬着，我看你是生在福中不知福。你有啥资本？还要找个啥样的女婿？你要是不安安分分地跟人家过日子，看我不砸断你的狗腿。"

芳妮被父亲一骂，只得把眼泪咽进肚里，暂时打消了离婚的念头。

可是马三万却越来越不像话了。他心想：芳妮反正闲着，如果乘虚而入，说不定还能干出一段风流韵事来。芳妮给他留面子，他得寸进尺，有机会便拿些模棱两可的话调戏挑逗，愈来愈不加掩饰地流露野兽的性欲。一次，芳妮给孩子喂奶，他在一旁等着抱孩子，酸不溜秋地说："我看还是外国人开化，老汉娶姑娘，老婆子招小伙子，老夫少妻，老妻少夫，各讨方便，快活一世！"芳妮听了这席话，肺都气炸了。吃午饭时，芳妮在饭碗里放了几根青草端给马三万，喊了一声："爸，吃饭！"马三万接过饭碗一看，心里顿时明白了，让他吃草不就是把他比作畜生吗？他恼羞成怒，但也不好发作，于是怀恨在心，伺机报复。

一天，马三万从县城赶集回来，神秘地对锁柱说："锁柱，我听一个老中医说了个偏方，你试一试看有没有效果。"锁柱喜出望外："啥偏方？"马三万附着锁柱的耳朵咕哝了一阵。锁柱听罢，似信非信。马三万"哼"了一声："没出息，你的媳妇还不由你？试一试，行了好，不行拉倒，她要是不情愿让你试，你就给我往死里打。娃呀，你没听老年人咋说的？打下的媳妇揉到的面么！把毛鬼甭当神，把女人甭当人！"锁柱受了启发，勇气倍增，跃跃欲试。

当晚，锁柱拿来一瓶酒，倒了满满一大杯，对芳妮说："这杯酒一人喝一半，你先喝，我后喝。"芳妮素来滴酒不沾，推辞不喝。锁柱沉下脸来："你不喝，是对我爱得不深。我听老中医说了个偏方，晚上我同你喝一杯合欢酒，早晨吃一个大红枣，七天以后，我的病就会好的，保证让你满意！"芳妮信以为真，为了让锁柱高兴，勉强把酒喝了。芳妮是个见酒醉的人，顿时满脸通红，头晕目眩，肠胃痉挛，痛苦得直声唤。锁柱瞪了芳妮一眼："喝合欢酒是喜事，本应有个笑脸，高高兴兴，欢欢乐乐，看你愁眉苦脸的这副熊样，真叫人扫兴。"芳妮苦笑了一下，支持不住，拉开一床被子倒头便睡，不一会儿就昏睡过去了。

不知过了多长时，芳妮从梦中惊醒，只觉胯下奇痛难忍，刚一动身便被锁柱牢牢按住,让她别动。芳妮哀声怨气地说:"你想叫我死,叫我死个明白,死个痛快!"锁柱阴沉说:"谁想叫你死了? 老中医说得清楚,让我每天早晨吃一个大红枣……为了治好我的病,你就不能忍耐忍耐、坚持坚持?""我受不了!""受不了也得受! 受不了硬受! 你这个骚货,做梦说胡话都想的是你的野男人刘成,对我你就是爱不起来。"芳妮忍无可忍了,气愤地说:"你把我不当人,干脆离婚!"一听要离婚,锁柱气急败坏了:"离婚? 你想得倒美。嘿嘿,你是我的,我不得快活,你也不得快活。要离婚,你先死,我后死,去他妈的,破罐子破摔。"芳妮说:"死就死,活着也没有意思,不如死了。"

锁柱忽然像个孩子似的哭了起来:"芳妮,我刚才说的是气话,你原谅原谅我吧,可怜可怜我吧,离了你,我确实也是不想活了。你不爱我总爱你的儿子吧? 你能忍心丢下他? 你不能死,你慢慢就会理解我的,我的病还有希望。"芳妮生来心软,别人落泪她也想落泪,见锁柱动真情,不禁惺惺惜惜惺惺了,戚戚然说:"你说的是气话,我说的也是气话么! 只要你的病能好,我不管咋样都行。"

于是,锁柱每天晚上照例喝合欢酒,早晨吃大红枣,想入非非,希望奇迹出现。可是,事与愿违,七天之后,情况依旧,只是可怜芳妮又白白受了一阵罪。她的精神和肉体遭到双重折磨,她明显地消瘦了,脸上失去了血色,眼眶凹陷,常常盯着一个地方发呆。

锁柱的情绪更坏了,不停地折腾芳妮,歇斯底里地狂笑,狂笑之后又呜呜大哭。

这一天,吃罢早饭,能不够有事回了娘家,锁柱出去不知干什么去了,芳妮在屋里给孩子喂奶。

马三万突然闯了进来。他色迷迷地瞅着芳妮裸露的乳房。瞅了一会儿,过去拍拍芳妮儿子小福广的屁股,没话找话说:

"哟,你看这小东西吃得多香多甜? 吃饱了没? 吃饱了让爷抱出去耍。"芳妮板着脸不搭不理,马三万自觉没趣,干咳了两声,坐在一旁的椅子上等着。他心里烦躁,满腹牢骚,见桌子上放着半瓶酒,顺手拿在手里晃了晃,自言自语说:"酒是好酒!"接着揭开瓶盖,仰起脖子,"咕咚咕咚"把半瓶酒喝了个精光。

马三万趁着酒意,厚颜无耻地叫道:"芳妮,你真的甘心活守寡,我就不信你不想男人。"芳妮正色道:"爸,你醉了,都胡说些啥话?""我没醉,芳妮,野种刘成都能占你的身子,我就不能……"马三万发出淫荡的笑声,从椅子上站起来,跟跟跄跄向芳妮扑过去。芳妮还没有反应过来,见马三万突然"扑通"摔倒在地,浑身抽搐,捂着肚子杀猪般的嚎叫起来。这下芳妮发了慌,忙放下孩子去拉,无奈马三万身高马大,芳妮身单力薄,怎么也拉不起来。芳妮急得忙去喊来邻居,邻居一看情况不对,回头又去叫了几个人,大家七手八脚抬着马三万急忙往县医院送,可才抬到半路上,马三万就喉咙"咯儿"一声呜呼哀哉了。

能不够闻知噩耗,急忙往家赶,刚走到村里,就听见一街两巷的人都在议论,说她男人死在儿媳妇房里了。进门一看,家里乱成一锅粥:锁柱蒙头大睡,屁事不管;马三万的尸体放在当院,无遮无掩,苍蝇逐臭,臭气冲天;芳妮没了主意,眼睛哭得又红又肿。能不够走近丈夫尸体,见他脸孔发青、五官挪位,又闻到一股"敌敌畏"的气味和酒味,心里有底了。她问芳妮:"你阿公在你跟前是不是不正经?"芳妮照实说了。能不够又问:"谁给酒里下了毒?"芳妮张口结舌,无言以对。

三 座 新 坟

能不够到底是能不够,决定自己来料理丈夫的丧事。她买了几条高级香烟,挨家挨户请人帮忙,见人便赔一副笑脸说:"我家里出了事,请乡亲们都不要笑话,能帮上忙的请来帮个忙,帮不上忙的请来坐一坐。"村里和马家关系不错的人不请自到,关系不大对劲的经不住能不够好言好语相请,也都陆续来了。能不够像一位指挥若定的将军,分别派人挖墓、做棺材、缝老衣,赶集买菜、割肉、打豆腐,接着又派人去给亲友报丧,去邻村请吹鼓手……一应大小事情安排完毕,她才盘腿打坐在马三万的尸体旁边,号啕大哭了一阵。能不够心想:男人反正死了,家丑不可外扬。如果说男人是被毒死的,一追查把芳妮追查出来判刑,她丢了男人又失去了儿媳妇,划不来。于是,哭死人给活人听:"他爸呀哈……你有心脏病,为啥要喝酒呀哈……你把你自己害死了呀哈!"

家里发生这么大的事,可锁柱却像什么事也没发生,倒在床上睡大觉。能不够叫骂了几次,他磨磨蹭蹭从被窝里爬出来,起来之后也不哭一哭父亲,脸上阴沉着,似乎没有一丝一毫的哀痛。能不够数落道:"你真是个白眼狼,他横竖总是你父亲么,死了,你连个眼泪渣渣都没有?哪怕干哭两声做个样子,也算你是个正儿八经的儿子。"锁柱顶撞说:"谁叫你生了个不是正儿八经的儿子?"能不够见素来温顺听话的儿子竟敢顶撞自己,老脸没处放,一抬手,扇了儿子一个耳刮子。众人连忙劝开,锁柱一转身走进房里又去睡了。

傍晚时分,帮忙的陆续来到马家吃饭。能不够应接不暇,便去喊锁柱起来招呼客人。喊了几声,锁柱一动不动,能不够骂道:"你也挺尸了?"仍不见应声,她走过去拉开被窝一看,只见儿子两眼半睁半闭,脸色发青,用手一摸鼻孔,已经没气了。

儿子死了,好似五雷击顶,能不够被击得一下瘫在地上,揪心撕肺地大哭起来:"我的儿呀,你不该去死呀!"哭着哭着,突然化悲痛为仇恨,急问众人:"芳妮呢?这个小妖精、丧门星,把我男人引诱毒死了,又把我儿子给克死,我非让她抵命不可!"

找到房里，就见小福广吃饱了芳妮的乳汁，睡在炕上"伊呀伊呀"在学语，却不见芳妮的踪影。

芳妮到哪里去了？此刻她正在渭河岸边徘徊。在这同人世告别的最后时刻，她的心情反倒十分平静了。她不埋怨父亲母亲，不责怪阿公阿婆，也忘记了锁柱对她的种种折磨和蹂躏，她觉得他们似乎都是对的。对于儿子小福广，她也不十分留恋，她相信马家会把小福广抚养长大。令她牵肠挂肚的是刘成，可惜她不知道刘成的下落和消息。她相信刘成也惦念着她，她真想和刘成再见上一面，说几句话，死了也甘心了。

望着脚下滔滔的浊水，芳妮忽然改变了主意。她不喜欢渭河，她觉得渭河太残酷太无情，每逢渭河涨水，从上游漂下来的死猪、死羊，还有无数亮着白肚皮的死鱼，都让她目不忍睹、心里惨然。她爱泾河，爱泾河清悠悠的水，爱泾河五颜六色的小石头，爱在泾河里洗衣服、洗澡。她心里说：我应该死在泾河里！于是便朝泾河走去。

走着走着，不知不觉她就走到了泾河边。在皎洁的月光下，泾河水平静得像一面镜子。芳妮凝视着水面，脑子里浮现出刘成的音容笑貌，心里涌起一股暖流。她笑了，仿佛看见刘成就在面前，她张开双臂，纵身一跃，惊喜地投入情人的怀抱……

第二天，人们从泾河里捞起芳妮的尸体，她的嘴角残留着一丝微笑，她似乎死得很满意。

人们从锁柱身边发现了他留下的遗书："酒瓶的毒药是我放的，芳妮无罪！我原想和芳妮同死，我有罪，我是个不该出生的人！"

真相大白，能不够欲哭无泪，她把小福广搂在怀里哀哀干嚎。

一夜之间，马家湾村南崖畔的公墓里，隆起了三座新坟。

大约一个多月之后的一天夜晚，秋风瑟瑟，残叶纷飞，能不够家门柜上残留的挽联，被风撕扯下来，飘向空中，随着残叶，飘飘忽忽,扑朔迷离。屋里,能不够瘦了,她比一个月前几乎老了十岁,此刻她孤身只影,怀里抱着孙子小福广,在屋里踱来踱去。小福广大概是饿极了,哭叫着用他的小嘴寻找母亲的乳汁。能不够叹了一口气,解开衣襟,把自己快要干瘪的乳头塞进嗷嗷待哺的小福广的嘴里。小福广贪婪地吸了几口,发觉上当受骗,哭叫得更凶更伤心了,一边哭一边"伊伊呀呀"地叫着:"妈——啊,妈——啊!"能不够摇着哄着:"噢,噢,娃娃乖,甭叫哒,猫咬来……"她伸手拿起放在热水里热着的奶瓶,用嘴试了试温度,然后给小福广喂奶。喂着喂着,她不由得又想起了芳妮,泪水禁不住像泉水一样涌出来。

突然,从屋外隐约传来一阵啜泣声,接着,一个人推门跨进屋里,喊道:"妈,妈,儿回来了!"

能不够心里一震,本能地应声答道:"哎,哎。"她揉了揉被泪水糊住了的眼睛,当她发现站在面前的人是刘成时,她再也难以抑制自己,放声大哭:"成娃,悔不该,悔不该呀!"两人抱头大哭。

第二年的清明节,能不够怀里抱着小福广,后面跟着刘成,径直朝公墓的三座新坟走去。他们给芳妮、锁柱的坟烧了纸钱,接着能不够把怀里的小福广放下来,让他跪下,按住他的脑袋磕了三下头,然后抱起小福广对刘成说:"咱们回家吧!"刘成望了望马三万的坟,用征询乞求的口气说:"给爹也烧点纸钱好吗?"说着就跪在那坟前边。能不够一把拉起刘成,愤然道:"快起来,不要给那老狗烧,让他当个穷鬼!"刘成流着眼泪哀求说:"妈,他已经死了,过去的事情就让他过去吧!"能不够脸上呈现出极为复杂的表情,犹豫了半会,终于忍不住"呜哇"一声号啕大哭起来。她一哭,惊吓得怀里的小福广也跟着哭叫,刘成也哭出了声。这哭声不仅仅是对死者哀悼,同时也包含着对自己的悔恨,因为这是一场不该发生的悲剧……

(杨宏志)

当一个人失掉了心爱的人,在他们的身后必然留下一连串的悲哀。

麦子长出来了

负心抛弃

汤河边上的羊尾巴根村子里有个女人名叫陶燕婷,在解放战争时期,她救了个叫左力魁的游击队长,拼死拼活把他背到家里住了几个月,伤好了,他们也相爱了,在解放那一年,两人结了婚,小两口和和美美地过了三四年。后来,左力魁调到省城去工作,把陶燕婷一个人留在乡村,左力魁每月回来几天,每次回来都要买上一大堆好吃的东西,递到她的手上,塞到她的嘴里。陶燕婷虽说吃了不少相思苦,可一见丈夫回来,马上觉得自己是天底下最幸福的人。

又过了两年,左力魁回来次数越来越少,对陶燕婷的热情也越来越冷了,有一次八个月没音讯,可把陶燕婷急坏了,托人一连写了三封信,成天像掉了魂似的坐立不安。

陶燕婷盼星星、盼月亮,这天终于盼来左力魁骑着一辆自行车回来了,这下子可把陶燕婷喜疯了。她打酒买菜,忙里忙外,像招待远方来客那样招待左力魁。左力魁也大包小包给她带来不少穿的吃的,更乐得她嘴都合不拢,恨不得把全村男女老少都叫来,让他们好好开开眼。

吃过午饭,左力魁对陶燕婷说:"跟我到县里去一趟吧,办点儿事。"说完,让她坐在他的自行车后架上。陶燕婷虽说没坐过这玩意儿,可她怕扫左力魁的兴,于是就壮着胆子坐了上去。左力魁驮着陶燕婷上了路,他们从一块麦田经过时,几个在干活的姑娘见了,一个个羡慕得了不得:"看人家,多有福!"陶燕婷乐得心也颤了。

左力魁把陶燕婷驮到县城,领进一个门口挂着好多牌子的大院,走进一间挺大挺大的屋子。屋子里一个胖子马上就站起来打招呼,接着拉开抽屉,取出两张纸说:"您看,早就准备好了。"说着,又拿出一个印泥盒。左力魁伸出一个手指头,在每张上按了一个手印,然后用手指着对陶燕婷说:"你也按上。"陶燕婷也不知是干什么,反正丈夫让按准没错,就老老实实地照办了。胖子又取出一个公章,"啪、啪"盖了两个,然后递给他们一人一张说:"保存好,丢了可不补呀!"左力魁点点头,算是道了谢,陶燕婷也学着他的样子朝胖子点点头,胖子也向他俩咧咧嘴,点点头。

出了大门,左力魁对陶燕婷说:"我今晚要去看一个人,明儿一早从这儿回省城,你自己回去吧!""什么?"陶燕婷吓了一跳,大老远的,一个人怎么回去呀?她鼓起勇气正要开口问个究竟,左力魁不耐烦地说:"行了,快走吧!"说着,一扭头迈开大步走了。

陶燕婷差点儿哭出声来，忍了又忍才忍住了，她噙着泪，一个人孤孤单单往回走。一进家门，她有一肚子说不出的委屈，趴在炕上"呜呜"哭了大半夜。然后她摸出带回来的那张盖了手印和图章的纸，她不知道这是干什么的，可又觉得挺珍贵，就把它锁在箱子里。

这回左力魁一走可是断了线的风筝再也不回来了，陶燕婷又等了半年，不见音信，就托村里小学的老师写信。老师听她说了上次进城的事，觉得有点儿玄乎，就让她把那张纸拿出来。老师一看，大惊失色，原来那张纸是离婚证书。陶燕婷当场惊得两眼发直，差点昏过去。可怜这位善良的妻子做梦也没想到当初救了他命的丈夫，竟欺骗了她，狠心把她抛弃了。陶燕婷因此大病了一场，从此便在这三间土坯房里过着孤孤零零、凄凄惨惨的日子，成了丈夫还活在世上的"寡妇"！

心 心 相 印

在农村，一个孤苦无依的妇女，过日子可难可苦了，地里活、家里活，打个场、修个房的，短不了得请别人来帮忙，有时请了个不安分的，不是说几句撩人的话，就是找个机会摸一把、捏一下，犯点儿坏。碰上这样的，陶燕婷只得忍着点儿、躲着点儿，唯恐一闹起来，人家还得说她不本分、招蜂惹蝶的。

就这样，陶燕婷苦苦巴巴熬到"农业学大寨"那阵子。有一天她从自留地里干活回来，走到半路上忽然觉得要解个手，便走下大道，走进一座废弃多年不用的破窑里，她瞧瞧四处没人，赶紧蹲了下来。哪知道刚蹲下，忽然听见身后"啪"一声，从高处滚下一块半砖头来，吓得她哆哆嗦嗦地问道："谁?"没人回答。她心"咚咚"直跳，壮着胆子又说了一句："你再不出来，我喊……人了!"她这一招倒挺灵,从那破窑顶的小碉堡上边,露出一个人头来,低声说道:"嫂子,是我,你可千万别喊呀!"

陶燕婷定睛一看,原来是村里出名的老实主儿万东明。她这才放下心来,红着脸问:"你进来干什么?"万东明颤声说:"嫂子……是我先进来的。""那你看见了没有?""这……咋说呢?"

话刚一出口,陶燕婷忍不住又脸一红,心想:有这么问人家的吗? 她朝万东明摆摆手,说:"兄弟,你下来吧,咱俩这么'楼上楼下'的说话多不方便呀!"万东明支支吾吾地说:"不行,我下不去呀!"陶燕婷奇怪地问:"你咋下不来?""我,我光着身子呢。"

陶燕婷脸上又一阵发烧:"你穷风光什么呢?"万东明不好意思地说:"不怕嫂子笑话,我就这一身"皮",脏得实在没模样儿了,刚才在水坑里涮了涮。我寻思老天爷儿好,一会儿晒个半干子穿上,谁知……这么会儿工夫嫂子你进来了。"

这个万东明与陶燕婷同村,四十出头了,还是个光棍汉子。要论人吧,长得高高大大、端端正正,手里农家活哪样也拿得起、放得下,可就因出身不好,高的攀不上,找个哑巴瘸子他不干,所以一直是个"单干户"。在羊尾巴根这么个穷地方,万东明是个脱了破棉袄就穿小单褂的主儿,而且是单打一的行头没有换头,所以才闹了这么一出戏。

听万东明这么一说,陶燕婷的心里挺不是滋味儿,走也不是,留也不是,站在那儿发愣怔。正在这时,窑外又传来一阵脚步声,吓得万东明变脸变色,压低嗓门说:"嫂子,来人了,你快出去吧!"说着一猫腰,人便缩进了碉堡里。

陶燕婷也知道此地不能久留,万一让人看见她和光着身子的万东明在这儿,往后的日子就更难过了。于是,她赶忙一转身出了窑门。谁知一见迎面走来的人,她更加心慌。为啥? 这个人尖嘴猴腮,小脸塌鼻蚕豆眼,他叫万宝昌,是村里的大会计,是个谁也不敢得罪的实权派。

论辈分，万宝昌该叫陶燕婷婶呢，可他是个见了女人比猫儿见鱼腥还馋的角色，对陶燕婷早就垂涎三尺，他倒不是真心爱她，而是欺侮她家没男人，想找个便宜。现在他见陶燕婷慌慌张张从破窑里出来，顿时两只蚕豆眼一转，嘿嘿，准是这娘们和哪个野汉子在这儿鼓捣什么呢，让我给冲散了？他决定进窑里看看，想看出点什么蛛丝马迹，抓住了陶燕婷的把柄，那她就得老老实实、服服帖帖，任我摆布了。

他抬脚要进窑，可把两人吓坏了，万东明吓得缩在自己垒的小窝里大气也不敢出，陶燕婷吓得连头也不敢回，飞快地往家里跑去。

可是，万宝昌刚一步踏进窑门，突然连跳带蹦就逃出来。原来这小子天生胆小，见到个土鳖、马蜂都会吓得脸发白，现在看见从砖堆里钻出一条两尺来长的青蛇，晃悠着身子，弹眼吐舌朝他凑过来，差点儿没把这小子尿给吓出来。

当天晚上，陶燕婷睡不着觉了，破窑里的事虽没闹出来，可她却可怜起万东明来，那么能干的人，一年忙到头，连身换洗的衣裳都没有。人家平日净给自己帮忙，自己怎么就不能帮帮人家？她眼望着屋顶上的房梁一个劲儿地发呆，把万东明平日的好处一点一滴全想了起来。想着想着，她躺不住了，起来打开箱子，把左力魁留下的衣服翻了出来。

陶燕婷挑了几件衣服用一个小包袱包好，徘徊再三才夹着包袱走出门，摸着黑东瞅瞅、西张张，小心翼翼地来到万东明家门前。万东明家穷得连个大门都没有，她直接进了院子，看看两间小土房黑洞洞的，一点灯火也不见，一点声音也没有。她又犹豫了：进不进去呢？就在当儿，忽然"咔"地一声，屋里火光一亮，接着又见一个红火头一闪一闪的。陶燕婷知道万东明是在家一个人闷头抽烟呢，心里一慌，脚下一绊。

这一下惊动了万东明，他问了一声："谁？"说着趿着鞋走出来。"我。"陶燕婷小声应道。尽管声音不大,可万东明听出来了,激动地叫了一声:"嫂子!"

万东明家一年到头难得有个串门的,今儿晚上来了陶燕婷,他不由得喜出望外,声音都有点儿发颤了:"嫂子,屋里坐吧!""不,让别人看见,那……"陶燕婷说着把包袱递给万东明,"这几件衣服给你,往后做个针线活什么的就来找我。""行……""可有一样,千万别让人看见。"没等他回答,她仿佛觉得四周都是眼睛在盯着她,一刻也不敢再停留,说了声"我走了",转身就走。万东明抱着那包袱站在院子里,老半天也没动地方。

这天夜晚,月亮圆圆地挂在空中,万东明想着自打穿了陶燕婷送的衣服,心里暖烘烘的,一闲下来脑子里就出现陶燕婷。他想:平时叫她喊她,她不睬,可她总是朝自己甜甜的笑,笑得自己浑身麻酥酥的。他见今儿晚上月亮天明的,觉着陶燕婷家的猪圈该起圈了,于是就扛着铁锨,跳进猪圈,"吭哧吭哧"干了起来。

在屋里油灯底下做针线活的陶燕婷,听见院里有动静,赶紧出来,见是万东明正在起圈,就不声不响回进屋,在一个破了口的瓦罐里掏出两个鸡蛋用水煮了,剥了蛋壳,放在一个盘子里。

万东明只花了半个来小时就将圈起完,又推来新土垫在圈里,这才起身拍拍手。他心满意足地要离开,忽然听到一声"等等",陶燕婷过来叫住了他:"兄弟,你累了半天,到屋里歇会儿吧!"万东明立在院里,没动脚。"快进屋去!"听见陶燕婷催促,万东明便老老实实地跟在她身后进了屋。

陶燕婷让万东明坐在炕上,把那盘鸡蛋端了上来,说:"兄弟,你辛苦了半天,嫂子也没有什么招待你的,这两个鸡蛋将就着吃吧。"万东明接过盘来,大嘴一咧,傻乎乎地看着陶燕婷。

"是不认识我,还是没吃过鸡蛋?"陶燕婷说着微微一笑,她觉得自己好多年没这样高兴过了,就好像一场大梦昏昏噩噩地做了许多年,今儿个才从梦中醒来。万东明也觉得今儿晚上可痛快了,他恨不得天天都来给她帮忙,不是为了吃鸡蛋,而是想多看她两眼。跟她一个村住了这么多年了,好像这几天才看出她这么漂亮。"吃呀!"陶燕婷见他净望着自己出神,脸上有点儿发烧,又一次催他快吃。"哎!"万东明答应一声,抓起鸡蛋一口一个塞到嘴里,鼓了鼓腮帮子咽了下去,噎得他直翻白眼,吓得陶燕婷顾不上什么回避不回避的,伸出右拳轻轻地给他捶着,嗔怪道:"看你,倒是慢着点儿呀!"万东明只觉得气往下一顺,鸡蛋全到了肚子里,他顺势拉着陶燕婷的手说:"嫂子,咱俩也跟……""跟什么?"万东明结结巴巴地说:"跟刘备和孙尚香似的吧!""胡扯什么?""嫂子,其实我也知道你挺喜欢我的。""你别自作多情了。""那你为什么给我送衣裳?""那我是看你可怜。""你还偷偷量着我的脚印给我做鞋。""胡说,在哪儿呢?"

万东明从炕上拿起一只鞋底子在自己鞋上比了比,说:"嘿,我一进来就看见它了。"陶燕婷没话说了,低头不语。万东明又凑过来问:"嫂子,我刚才说的事你倒是表个态呀!"见陶燕婷还不回答,他急了:"那你也嫌我的出身?""不,不,"陶燕婷连连摇头,"绝对不是。""那你倒是说呀!"陶燕婷想了想说:"今儿太晚了,过两天我一定给你准信儿。"说完便把他推出门去。

色 狼 插 足

等万东明一走,陶燕婷可静不下来了,坐也不是,躺也不是。说实在的,她是既盼着万东明说出那话来,又怕他说。说了一时接受不了,不说又从心里着急。可现在人家说了,怎么办?就在这时,又听门"叭哒"一声,她以为是万东明又来了,就装作生气地说:"让你等几天,你怎么又回来了?我可要生气了!"

"婶子,你认错人了,是我!"一听这声音,陶燕婷吓了一跳,她听出是万宝昌来了,这可真是夜猫子进宅,无事不来。她连忙说:"我睡了,你有事明天来吧!""谁说的,我从窗户眼儿里看见了,你还在地上溜达呢。"万宝昌说着人已进了屋,满脸奸笑地盯着陶燕婷,吓得她往后退了两步,问:"你来干、干……什么?"听说婶子煮鸡蛋了,我也想弄两个吃吃。"万宝昌此话一出,可把陶燕婷吓得一时出不了声。

万宝昌见陶燕婷默不作声,又往前凑了一步,拉着她的手说:"哟!婶子的手好白嫩呀!""你要干什么?"陶燕婷猛地把手往回一抽。"哟,这会儿正经了,刚才你们俩可是背也捶了,手也摸了,还说什么刘备、孙尚香的,咱俩就不兴亲热亲热了?"万宝昌皮笑肉不笑地说。陶燕婷气得浑身直哆嗦:"别忘了,我是你婶子!"万宝昌"嘿嘿"一笑:"又不是亲的,再说那是封建残余,只要咱俩看着顺眼……"陶燕婷"呸"了一声:"谁看着你顺眼!""你看不上我,看着万东明顺溜,可你别忘了,他是黑五类、臭大粪!我把你们的事一抖落,明天他挂着牌子,你挂着破鞋,三乡五里转一转,你就美了!"万宝昌说着转身要走。

几句话把陶燕婷吓得魂飞魄散,她紧拉住他的手说:"好侄子,千万别……"万宝昌顺势把陶燕婷揽在怀里说:"好婶子,不,燕婷,我想你可不是一天半天了,你就答应我一回吧!"边说边把陶燕婷按在炕上。陶燕婷到了这种地步,叫天天不应,喊地地不灵,只得任其摆布……

等万宝昌满足了兽欲,看着直擦眼泪的陶燕婷说:"燕婷,你也别太那个了,人和人就是那么回事,哪个皇帝没点儿风流事,何况咱一个平民百姓呢?我手里有点儿权力,也不亏你,往后你的工分按满工记,分口粮时,我秤杆一抬,算盘一响,你知、我知就行了。"陶燕婷把头扭向土墙,再也不理他了。

真是偷腥猫儿性不改,万宝昌自从那天晚上尝到了甜头,他是每晚必来,花言巧语,软硬兼施地欺侮陶燕婷。

这天晚上,万宝昌把小脸洗了洗又来了,陶燕婷一点儿也没反抗就让他得了手。就在这小子美着时,突然"哗啦"一声门响,接着"咚咚咚"地闯进一个人来,一挑门帘进了里屋。来人正是万东明,一下子吓得陶燕婷和万宝昌瘫了。

原来万东明那天向陶燕婷表明心迹后,见陶燕婷并没拒绝,只是让他等几天,他知道事有八成了,乐得天天夜里做好梦。可耐着性子等了四天不见回音,他沉不住气了,刚才一时心血上涌来找陶燕婷,想锣对锣、鼓对鼓当面问问,快到门口时,正好看见万宝昌进去,他就躲在一边想等万宝昌走了再进去。哪知万宝昌一进去就拉灭了灯,凑到窗根儿一听,顿时怒火冒三丈,不顾一切地冲进屋里。

万宝昌乍着胆子问:"你小子夜入民宅,干……干什么来了?""还是问问你自己吧!"万东明说着双手握拳,两眼冒火,一步一步逼过来,吓得万宝昌不住地讨饶:"东……明叔,高抬贵手吧!"万东明哪理这一套,他一伸手,像抓猫似的把万宝昌拎了起来,怒骂一声:"去你妈的!"就把他从敞开的窗户里扔了出去,摔得那小子鬼哭狼嚎地夹着尾巴逃跑了。

心魂稍定的陶燕婷刚想开口把事情说清楚,哪知万东明一挥手制止住了。他双唇紧闭,鼻孔里出着粗气,说:"难怪你让我等几天,是为了和他说清楚!""兄弟,我……""什么也别说了,谁让我是黑五类崽子呢,还想高攀,瞎了眼了!"说着在自己身上猛捶几拳,一跺脚走了。陶燕婷眼前一黑,倒在炕上……

万东明自从摔了万宝昌以后,就做好了挨斗的准备,可一连几天不见动静,他也不知道万宝昌葫芦里卖的什么药,只好等着人家什么时候找来就认倒霉。他也暗暗骂了陶燕婷无数次,可每次骂过之后,又觉得她不是坏女人,这里头准有事儿,可气一上来又大骂一阵。从此,他再也没登过陶燕婷的门,但一空闲下来,就远远呆望着陶燕婷那三间土坯屋,好半天儿脚不动窝。

这样过了半个多月。有一天,他一个本家侄子万长山来找他,说公社让一个村出两个民工去修水库,村里决定让他俩去。肚里正窝火烦闷的万东明二话没说就痛快地答应了。就在万长山转身要走的时候,万东明突然叫住万长山说:"今儿个吃了晚饭扛着大镐上我这儿来。""干啥?"万东明瞪了他一眼,说:"刚才我出去兜了一圈,谁家的自留地都种上麦子了,只是你婶子……""我婶子?"万长山翻了半天白眼,想不起从哪儿又蹦出一个婶子来。"我说的是陶……""陶"字一出口,万长山明白了,他咧嘴冲万东明一笑,答应一声走了。

当天夜里,天上只有大半个月亮,可刨地种麦还是够亮的,万东明就像一只上足了发条的闹钟一样干个不停,连年轻力壮的万长山都赶他不赢。爷儿俩忙了大半夜,总算把陶燕婷的两分自留地种上了麦子。万东明蹲下来,用手轻轻抚摸着整平得如镜面般的土地,喃喃道:"小雨下过好几天了,不知麦子还能出来吗?"

第二天一大早,爷儿俩扛着铺盖卷上路了,当两人走到村西那座旧窑前时,万东明不禁停下脚步,望着窑门发起呆来。那天在这儿碰见陶燕婷的情景又出现在眼前,他怎么也没想到陶燕婷会和万宝昌乱搞。但不知为什么,对陶燕婷他既恨不起来,也忘不了她。他正站着发愣,忽然万长山推了他一把,说:"叔,你看!"万东明顺着他指的方向看去,只见村口站着一个人正朝这儿望着,尽管距离较远,可万东明一眼就认出是陶燕婷。万长山见他俩都像石雕木刻似的一动不动,就把嘴凑到万东明耳根上说:"叔,回去说几句话吧!""不,咱们走!"万东明像旱天里打了一个响雷似的吼了一声,然后转过身来,头也不回地走了。

麦 出 魂 归

工地上的生活挺简单,干活、吃饭、睡觉就这么三件事,唯一解闷的方法就是胡聊。清一色的男性农民到了一块儿,三句话离不开女人,凡是见到的、听到的,知道什么就说什么。每逢这种闲聊时候,万东明便离得远远的,一个人抽闷烟。

这天晚上,万长山一觉睡醒,见万东明还坐在地铺上抽烟,就催促着:"叔,睡吧,明儿还得上工呢。"万东明还是一声不吭。万长山关切地坐了起来,问:"叔,你想什么呢?""唉……"万东明长长地叹了一口气,说,"你婶子自留地里的麦子长得出来吗?"万长山一听放心了:"睡吧,叔,一定长得出来。"

第二天,水库工地上人来人往,锤声、哨声、石头滚动声、人的喊叫声,响成一片。万东明、万长山和几个民工在一个陡坡上打了一组炮眼,装上火药、点上火后,退到安全处。一会儿,只听"轰、轰、轰"响了三响,炮声便停了。万东明皱着眉头焦急地说:"哎,怎么少了一响?"他们正想再等一会儿。谁知一个戴着红袖章的领班走过来,朝着万东明他们吼道:"谁点的捻儿,上去看看!""再等会儿,现在上去响了怎么办?"那个领班皮笑肉不笑地说:"咱们可是有任务数的,哪个组任务完不成,我就不给补助,扣发口粮。"那时候,哪个民工不是为了一天那几毛钱补助和那点儿口粮才离家来卖力气的?听领班这么一说,有几个人沉不住气了,朝着万长山努努嘴,示意他上去。万长山看了看万东明,慢腾腾地朝工地走去。

"等一下,"万东明一把拉住了侄子,轻蔑地朝领班一笑,然后紧了紧裤带说,"我去!""叔,我去!"万长山一步跨到叔叔身前。"你小子听着,你老的给你说门亲事不容易,年根儿就结婚了,出点儿事我可担当不起,没法向你爹妈交待,我去吧!""叔叔,陶……婶子等着你呢。""滚开,再不滚开,我一脚踢你到山旮旯里去!"

见万东明发了怒,万长山只好退到一边。万东明迈着大步朝炮眼走去,一步、一步,他每迈一步,万长山就觉得肠子拧一个弯,在场的人全屏住了呼吸,就连那个领班也瞪大了眼睛死盯着前方。

万东明仔仔细细地查看着,突然他发现脚下冒着浓烟,他想躲开,已来不及了,只听"轰"一声,他那高大的身躯晃了几晃,倒下了。

"叔!"万长山呼喊着跑了过来,抱起血肉模糊的万东明,大声呼唤,失声痛哭。大伙把万东明送到工地的临时医院,经过抢救,直到下午三点多钟,万东明才从昏迷中苏醒过来。他吃力地睁开双眼,看见守候在身边的侄子,嘴巴嚅动了几下,硬是没有发出声来。尽管万长山怎么问,他只是呆呆地看着侄子。又过了一会儿,万东明的嘴又动了起来,万长山把耳朵凑过去使劲儿听,听着、听着,他终于从那微弱的、吐字不清断断续续的发音中听清楚了,万东明说的还是那句话:"你……婶子地里的麦……子,能、能长出来……吗?""能,叔,你放心吧……"万长山说着,"呜呜"地哭了起来。

晚上,万长山伺候万东明喝了点儿水,吃了几块罐头里的桃子,就靠在窗台上,一会不知不觉睡着了。不知过了多少时间,一阵冷风把他从梦中惊醒,他往万东明床上一看,啊,人不见了?万长山惊得赶紧出门去找,可找遍了工地也不见万东明的影子。最后,他从一个护士口中打听到,万东明是朝家乡羊尾巴根村的方向走了。这可把他急出了一身冷汗:叔叔身负重伤,哪走得了这五十多里的路啊!他赶紧迈开大步朝前追去。

万长山连奔带跑,跑得大汗淋漓,腿肚子发软。这时,他借着月光看见前边不远的山路上有一个身影,正跟跟跄跄地往前走着。"叔!"万长山一下惊叫起来,他一下忘了疲劳,脚下"咚咚咚咚"边喊边追了上去。

可是任凭万长山怎么喊,万东明却根本不理,头也不回一个劲儿地朝前走,而且越走越快,简直像飞起来一样,不管万长山怎么加速,也追不上他。追到后半夜,已来到羊尾巴根村西的那座旧窑前,只见万东明稍微停顿了一下,又继续朝前走。万长山望着万东明奔到陶燕婷的自留地里"咕咚"一下摔倒了,万长山终于追上了他。月光下,只见碧绿的麦苗密密匝匝、整整齐齐地钻出了地面,万东明手里攥着麦苗,一动不动。万长山哈下腰说:"叔,你放心了吧,麦苗多齐截!"

万东明没有回答,万长山突然觉得身后有人,扭头一看,啊,是陶燕婷!

陶燕婷怎么会半夜三更到自留地里来的呢?说来真神奇,她从昨晚上就开始心惊肉跳,说什么也镇定不下来,一夜没合上眼。躺到后半夜,不知怎的就出了家门到村西张望,见自留地里有人影,便走了过来。陶燕婷问道:"长山,你们这是干什么?""我叔老是惦记着你地里的麦子。他受了伤……"万长山一五一十把前前后后的经过一说,陶燕婷听了止不住热泪盈眶,赶紧俯下身去,深情地叫着万东明:"兄弟,起来吧……东明,到家里歇歇儿!"万长山也伸出手去拉万东明,可是万东明一动不动。万长山拉了一把没拉动,陶燕婷连忙伸手摸万东明的身体,这一摸,顿时惊得大叫一声:"啊!"万长山忙用力把万东明翻了个身,陶燕婷不顾一切地把耳朵贴在他的胸口上用心听着,一点儿声音也没有。月光下,万东明的脸白得瘆人,陶燕婷明白了,万东明死了。陶燕婷跪在地上,双手拼命摇晃着万东明,放声大哭:"兄弟,你醒醒呀,嫂子我答应你了!你从工地上回来咱就结婚,不,结了婚再走,你说呀!"万长山也哭喊着:"叔,你睁眼看看呀,麦子长……长出来了。"可是任凭他俩哭得天崩地裂也无济于事,万东明死了,真的死了。

忠厚老实的万东明,他惦着陶燕婷,惦着陶燕婷自留地里的麦子。他凭着最后一口气,硬是神奇般的走回村来,亲眼看见麦苗真的长出来了,他才安心地死去!

(崔　陟)

无论是高墙石塔、密不透风的牢狱,或是坚不可摧的锁链,都不能拘囚坚强的心灵。

冤狱恨

东家窃玉

清朝光绪年间,苏北盐城县西乡马家舍,住着一对年轻夫妻。男的姓丁,大名学方,排行老二;这丁二虽是个穷伙计,他那媳妇黄氏竟了不得的漂亮,白果脸,黑黑的线眉底下一双水灵灵的眼睛,又明亮又好看。

这对年轻夫妻,原是盐城西北南沙庄人氏,一年前,在丁二的好友、盐贩子王齐明帮助下,来到这儿的。他们在马家舍定居下来后,丁二就在一个姓赵的财主家看风车,同时租了亩把地种着。日子虽然过得很苦,可小两口相亲相爱、和和睦睦,到了第二年,就添了个男孩,取名贵书。小两口于是更加满心欢喜,日子也越过越顺妥,叫外人看了都眼热。

可叫人奇怪的是,近一时期,那丁二媳妇却老是嘀咕着要离开这马家舍,左右邻居问她她不说,丁二问她她也不肯讲。

是啥道理呢？原来有个人一直在丁二媳妇身上打主意,缠得她生厌,可丁二媳妇又不敢得罪他,他就是少东家赵仁和。

赵家老爷是这一带出名的有财有势、心狠手辣的财主,赵仁和更是尖钻刁刻。他贪图财色又故作斯文,他没考得功名,就走门路花钱买了个铜葫芦顶子,逢年过节戴在头上招摇过市。

这年夏天,他偶然路过丁二家门前,一眼看见坐在门口做针线的丁二媳妇,顿时像掉了魂似的盯着迈不动步子,直看得丁二媳妇红了脸进屋关上门,才恋恋离去。从此他三天两日到丁二家门口转悠。他开始没话找话说,接着污言调戏,到后来他见四下无人,竟嬉皮笑脸地凑上来动手动脚了。

这年冬天的一个傍晚,丁二到圩上看车去了,丁二媳妇正坐在床边哄着伢子睡觉,突然有一个人影闪了进来,吓得丁二媳妇心里"怦怦"直跳,再一看竟是赵仁和。她紧张地问："少东家,你这辰光来有什么事？"赵仁和涎着脸说："我怕你今晚空屋冷清,过来陪陪你啊。"丁二媳妇一听,板着脸说："我有丈夫,有伢子,屋里没你的站处！""哎呀,你何必这么死心眼？难道我还不如那粗皮黑肉的丁二？"他说着,就往丁二媳妇身上挨。丁二媳妇慌了,瞪起眼,提高嗓门说："你出去,给我出去！"赵仁和先是一愣,接着"扑通"朝地面前一跪,死皮赖脸地央求："好嫂子,就容我这一回……"丁二媳妇气得身子直打颤："你……你这不要脸的东西,快给我滚出去！"赵仁和一怔,见软的不行,立即脸色一变,猛地从地上爬起来,一把抱住了丁二媳妇不放。

正在这时,突然"嘭嘭嘭"有人把门打得又急又重。赵仁和顿时慌了神,连忙放了丁二媳妇,整了整衣帽,拔脚走到堂屋,定了定神，便来抽门闩。谁知门闩才抽下一半，那门就"嘭"一声被推开来，随着一股冷风，闯进一个大汉。这汉子怒眉瞪眼，一把揪住赵仁和的衣领，"啪"一记耳光甩在他的白脸上。赵仁和一看来人，不由"啊"叫了一声。

闯进来的大汉，原来是盐贩子王齐明。这天晚上，王齐明是给丁二送盐来的，刚到门口，就听见屋里伢子哭和丁二媳妇的骂声，他连忙放下盐袋，攥紧拳头"嘭嘭"擂起门来。此刻，他就像一头怒狮，一把揪住对方衣领，就赏了他一记巴掌。再定睛一看，是赵仁和，气得用劲一扭他的衣领，又顺势把他推了一个踉跄，狠狠地说："原来是你啊！"赵仁和被一记耳光给打懵了，嘴上只是说："你、你怎么动手打人啊？"王齐明听了这话，一瞪眼，又飞起一拳，打在赵仁和的脑门上。赵仁和一看这个五大三粗的盐贩子，料想自己绝非他的对手，再也不敢犟嘴，只得低声下气求道："王……王大哥高抬贵手，饶……饶了我……这回。"王齐明骂道："下回，你要敢跨进这屋里一步，就打断你的狗腿！滚！"他使劲把赵仁和操出门去。

赵仁和好似丧家之犬，一口气逃出老远，才敢扭过头来。他咬牙切齿地自言自语道："姓王的，走着瞧！总有一天叫你晓得……"这就是丁二媳妇老是劝说丁二离开这马家舍的缘由。

丈 夫 遇 害

丁二媳妇估摸着赵仁和不会就此罢休，可想想又不好对丁二说明，她怕丁二这老实憨厚的人知道这事后，说不定会去拼命，闹出事来，因此只好一个人提心吊胆地熬着。

眼看快过年了，丁二媳妇又向丁二提起搬家的事，她见丁二还在犹豫，不由眼圈一红，突然抽泣起来。丁二见了一怔，前后想想，估猜一定是媳妇受了哪个的闷气。他想：反正哪里的太阳都晒得干衣裳,走就走吧。于是,他拿手巾替妻子擦去眼泪,柔言细语地说:"别哭,等到年底把工钱结了,再跟王大哥商议商议,另找主家,一开春就走,好吗?"媳妇听了默默地点了点头。

腊月二十四这天傍晚,丁二到草埝口小街上买了鞭炮、香烛,经过澡堂门口,正巧碰见王齐明。丁二忙又买了些百叶、香干,打了一瓶酒,邀王齐明到家里喝两盅。丁二媳妇忙着给煮百叶、烫酒,丁二和王齐明两人便边聊边对酌起来,丁二媳妇忙过之后也含着笑坐在旁边。聊了一会,丁二就说起打算搬走的事,王齐明听了,连忙说:"走的好,走的好。我已跟塘河东一个大户说过,只要你们愿意,过了年就迁过去。"丁二媳妇感激地看看王齐明。

这时,王齐明一抬头,忽然发现门外有个黑影一闪,心里奇怪,就走出去看,丁二也跟出去。两人站在门口望了望,却没有发现什么,就又回来继续对酌。过了一刻,就见一个本庄佃户从门口伸进头来,对丁二说:"我刚从前庄回来,捎个话给你,少东家叫你今晚就去拿工钱。"等那个佃户走后,丁二站起身,对王齐明说:"王大哥,你先吃着,我到赵家去一趟,马上回来,我们兄弟俩今晚来个一醉方休!"说完便朝赵家走去。可谁知直等到菜都凉了,还不见丁二回来。王齐明对丁二媳妇说:"丁二兄弟恐怕给赵家留住了,我过几天再来玩。"说完,就离开丁二家,回去了。

这时,伢子已经睡着了。丁二媳妇眼睁睁地守着油灯,左等右望,一直等到深更半夜,不知不觉中也迷迷糊糊地睡着了。等她从梦中惊醒过来,天已破晓,看看仍不见丈夫的影子,不由心慌起来。正在这时,忽然传来一阵"咚咚"的脚步声,接着,有人慌乱地敲门叫道:"丁二嫂! 丁二嫂!"丁二媳妇一惊,忙起身开门,一看,只见门口站了几个邻庄的佃户,其中一个年长的结结巴巴地说:"丁……丁二,他,他上吊了……"

这真是晴天一声炸雷，丁二媳妇身子一晃，几个大妈忙把她扶住，她还没站稳脚，就挣扎着趔趔趄趄地往西河边奔去。不多一会，就远远望见那棵大柳树上吊着个人，她一眼就认出那是自己的男人丁二！她没了命似的扑过去，"哇"叫了一声，就晕倒在那棵大柳树下。

等到丁二媳妇渐渐苏醒过来，丁二的尸体已经被人们放在地上了。她扑在尸体上，呼天抢地放声哭喊："丁二啊，你死得不明不白……昨晚赵家叫你去拿工钱，谁知你却一去不归了啊！"她披头散发，两手抚着丁二的尸体，边哭边诉。围在四周的佃户，没有一个不抹眼泪，他们叹息着，都觉得丁二死得实在蹊跷：好好一个人，两口子和声合气的，日子正过在兴头上，怎么会无缘无故上吊呢？莫非是被人害死的？

晌午时分，乡佬来了，他察看着尸体，丁二媳妇泪人似的求乡佬为她作主伸冤。乡佬劝她说："我看过丁二的尸体，他周身无伤，实为自缢身死。赵大少爷听说了这事，他可怜你孤儿寡妇，愿出一口杉木大棺材，这也是赵大少爷一片好心。你就想开一些，人死不能复生，你还有个小伢子哩，还是快些给丁二办后事吧！"

丁二媳妇一听，心头的疑云更重了。为了要弄个水落石出，她坚持要求报官鸣冤。乡佬左说右劝，还是没用，只好写了一个状子，差人送到盐城县署，请求衙门派人验尸。

腊月二十六日一大早，乡佬陪了相验的来验尸了。远远近近的人都来围看，密密匝匝地围了好几层。这时，有一个傻里傻气的汉子，把背在肩上的粪兜子挨着一副豆腐桶放下，缩头夹颈，四处张望了一会，厚嘴唇动了动，龇开黄牙瓮声瓮气地说："丁二嘛，是人家害死的。"卖豆腐的老头一看说话的是当地出名的"赵大呆子"，连忙低声喝斥："莫瞎说，要招祸的！"赵大呆眼一瞪："我亲眼望见的，用耙头钉钉的，大辫子底下钉得老深的！"卖豆腐老头一听,吓得手一抖,"啪"烟袋掉在地上。他急忙拉过乡佬,把赵大呆子的话全告诉了他。乡佬又急忙拉过相验的,又把这些话一说,相验的,解开了丁二头上的大辫子一看,果然埋着一根指头粗的耙头钉。

围观的人群顿时骚动起来,乡佬也暗暗吃惊,他忙把赵大呆子叫到没人处,又细问了一番,更加惊讶。他吩咐两个乡丁把赵大呆子看住,不让他再走漏风声。丁二媳妇一听丈夫被钉死,顿时明白:这下毒手害死丈夫的,除了赵仁和没有别人。她不由大声号啕,呼天抢地,哭喊冤枉。当晚,丁二媳妇强忍悲痛,赶紧请人写了状子,告少东家赵仁和图谋不良,杀人害命。

故事说到这儿,还要回过来说说丁二到底是怎么死的,赵仁和是怎么杀死丁二的。

原来,那天晚上,丁二提着灯笼来到赵家拿工钱,他进了半掩着的黑漆大门,见厅堂上亮着灯光,便踏上台阶。停脚朝里望望,只见中堂那"白虎卧岗"图下,横着一条阴沉大雕花香案,两支蟠龙红烛,把厅堂四壁的字画照得闪闪发光,西壁下的红木八仙桌上摆满了各式菜肴,陈酿老窖香气扑鼻。桌子旁边的乌木太师椅上,坐着一老一少,这年少的便是赵仁和,那年老的估摸五十岁左右,晃着油光光的秃顶,丁二也不认识他。只见他和赵仁和两人一边喝酒,一边谈笑。

赵仁和见丁二来了,眉毛一动,说:"还没吃饭吧?来来,坐这里喝一杯。"丁二垂手站着,说:"少东家莫客气,是你叫人捎话让我来拿工钱的,我拿了工钱得回去,家里还有客。""忙什么呀?"那秃顶老头说,"少东家看得起你,你就坐下来喝两杯嘛!"丁二推却不过,只好在下首坐下。于是让酒、请菜,三个人吃了好大时辰,丁二在家里已喝了几盅,三五杯下肚,便有些醉意了。

这时,赵仁和起身出去解手。那个秃顶老头见赵仁和跨出门槛,就歪过脸对丁二说:"丁二啊,大少爷待你不薄嘛!"丁二嘴里"嗯"了一声。秃顶老头又说:"眼下,大少爷有件难事,不大好启口,不晓得你能不能答应?"丁二吐着酒气说:"只要用得着我,只管说。"秃顶老头笑眯眯地说:"事情不大,只要你一句话就成了,来,再喝一杯。喏,直说了吧,大少爷自从看上你那媳妇,就饭不香、茶没味……只要你肯让个门子,大少爷就是给你三亩、五亩田都是肯的啊!"丁二酒虽吃到八九分,可这话他还是听得清楚的,顿时瞪起一双通红眼睛,直盯着秃顶老头,气得一句话说不出。秃顶老头"嘿嘿"一笑,拍拍丁二的肩膀说:"牛扣在桩上也是老,大少爷挑你发财,你莫傻呀!"丁二醉歪歪地站起身子,斜眼朝那秃顶老头说:"你这不是往人脸上放屁吗?"说完,气呼呼地转身踉跄着脚步往外就走。

丁二跨出门槛。赵仁和就来到他身边,两眼露出灼灼冷光,说:"你既然要走,我也就不留你了。工钱,你到账房去拿。"丁二一见赵仁和,脸上像血泼一样,脖子一拗,说:"回、回你个话,下年,我不在你家做了!"赵仁和阴毒地说:"这么一说,今晚我就更要送你一段路了!"丁二再不理他,踉跄着走出门,刚低头去拾那灯笼,只听赵仁和一声干咳,突然从黑暗中蹿出几个人影,猛地扑上来将丁二按倒在地。醉糊糊的丁二这时才晓得中了赵仁和的毒计,他没能挣扎许久,手脚便被捆得死死的,嘴里被塞得满满的,他动不了,喊不出,大睁双眼,任凭黑暗中的这几个人把他盘在头上的大辫子解开来。只听赵仁和低声吩咐:"不要弄出血来!"话音刚落,一根三寸长的耙头钉就朝他头上砸了下去……

含 冤 下 狱

这桩惨杀人命的大案,顿时震动四乡八村。隔日下午,衙门的捕役到了地头,让乡佬立即传话与此案有牵连的几家:明日一早,县太爷公堂问案。

天色破晓,盐城县衙大开,班役分站在公堂两侧。不一会,一阵堂威声过后,那上任不久的县官倪毓桢,迈着八字步走了出来。他来到堂上,在太师椅的狗皮垫上坐下,接过师爷递上的案本,望了一遍,揉揉鼻头,便传话带人。

案事人等齐刷刷地跪在堂前,独有赵仁和躬一下腰,照旧站着。倪毓桢朝他斜了一眼,刚要作声,见那帽上黄亮亮的铜葫芦一闪,顿时息了怒。原来有这个东西,可以"免跪"。

倪毓桢又伸头朝下面望了望,发话说:"丁黄氏,抬起头来!"跪在前面的丁二媳妇,慢慢抬起头来。倪毓桢看了丁二媳妇一眼,便要她将事实诉来。丁二媳妇未曾开口,就已泪流双颊,她悲呼一声:"青天大老爷,伸冤啊!"接着,就哽哽噎噎地把赵仁和久怀不良之心,趁夜晚闯进她屋里强行不轨未遂,直至骗丈夫去拿工钱,谋杀丈夫的前前后后,原原本本哭诉了一遍。直听得全堂衙役人人惊讶。

倪毓桢听后又命赵仁和讲。赵仁和神态自若,躬一下腰,照旧站直身子,高声说:"丁黄氏串通奸夫害死本夫,又来诬告学生,请倪大人明察。"接着,他说,"丁黄氏本是一个淫妇,先与丁二私奔,后与盐贩子王齐明勾搭。腊月二十四那晚,有人亲眼看见王齐明和丁二喝酒,等丁二喝醉后,奸夫淫妇便下毒手将丁二杀死。"

丁二媳妇听了这派胡言,气得脸色煞白,怨愤地望着赵仁和,咬着牙说:"你、你血口喷人!"赵仁和转过身来:"你、你才是移尸栽人!"倪毓桢将惊堂木"啪"一敲:"不要忘了大堂规矩!"他用狐疑的目光朝两人各望几眼,又上下打量一番,心想:两人互告,自然各有其词。他先问丁二媳妇:"丁黄氏,你告赵仁和杀死你丈夫,可有证据?"丁二媳妇说:"前庄佃户赵大亲口告发。"倪毓桢又把眼光投向赵仁和:"你告丁黄氏通奸害夫,有何为证?"赵仁和也说:"本庄伙计赵大亲眼所见。"公堂上下的人听了,都怔住了。倪毓桢长长地"嗯"了一声,说:"你们两人都说有赵大为证,这就好办!传证人赵大出证!"

赵大呆子被带到堂上跪下。倪毓桢问:"赵大,你看见有人害死丁二吗?"赵大呆子支支吾吾,半天才吐出声来:"看……看见的。""从实讲来。"赵大呆子咽了一口唾沫,然后结结巴巴、吞吞吐吐地说:"三……三更天,我……我去拾粪,我……我见丁二家灯亮着,就扒窗朝里一望。只见丁二家的女人跟……跟王齐明正在害……害丁二……"丁二媳妇一听这话,惊得魂飞魄散,她不由失声叫道:"赵、赵大,你、你不能昧着良心坑人啊!"倪毓桢一拍惊堂木喝道:"不准插话!赵大继续讲来。"赵大呆子嘴巴像被缝住一样,半天张不开。倪毓桢见他这副呆相,又将惊堂木"啪"一敲:"快讲!"赵大呆子一吓,浑身筛糠,上牙磕着下牙,说:"王……王齐明用榔头砸的,耙头钉,三寸长,钉的,砸一下子,丁二就哼一声,砸一下子,丁二就哼一声……"丁二媳妇听到这儿,顿时觉得眼睛一阵发黑,惨叫一声:"老爷!冤枉呀!"便昏死在公堂上。

倪毓桢见有赵大作证,立即当堂宣布将丁黄氏关进大牢。随即又发下令牌:火速捉拿王齐明归案。然后,转过脸朝正得意忘形的赵仁和"嘿嘿"笑了两声,便退堂了。

屈 穿 "红 鞋"

丁黄氏昏昏糊糊地被连拖带拉关进了大牢,她瘫在牢房砖地上,待了好一会才回过神来。她挣扎着坐直身子,用手揉揉泪眼,扫视了一眼这昏暗阴冷的牢房,泪水又像断了线的珠子"簌簌"流下来。她做梦也没想到竟落到这般地步,她伤心,她冤屈,她气恨,她绝望。她想:我是一个弱女子,丈夫屈死,自己又含冤下狱,满腔冤气仇恨向谁倾诉?天哪!还不如让我跟随丁二去吧！顿时，她脑子里产生了轻生的念头。正当她心如刀割、胡思乱想的时候，突然在她耳边响起了"妈妈、妈妈"的哭喊声。呀！这不是贵书的声音吗？难道这是在梦里？她慢慢侧转过脸来，只见三岁的儿子贵书跪在铺头，一双充满泪水的小眼睛正望着自己，一双小手已经摸到自己的脸上。

原来，上午她抱了贵书上公堂时，差役把贵书留在外面，后来差役就把伢子和她一起送进牢房来了。丁黄氏一见贵书，心头又是一阵酸楚，喊了声："贵书！"一把把他紧紧搂在怀里，眼泪掉在他的脸上。她猛地清醒过来：我不能死！贵书是丁二留下的根，我无论怎样也要把他拉扯成人！

正在这时，忽然"哗啦"一声牢门被打开了，跟着走进一个人来。此人面目冷峻，头戴黄毡帽，大袍襟一角掀起，束在腰间，袍下垂挂一条黑丝带，年纪约在二十七八。他看了看丁黄氏，说："我是这里牢头，叫陈文汉。"丁黄氏连忙揩了眼泪，说："陈老爷，往后请你多关照了。"这陈牢头依旧是冷着脸，说："今晚倪大人要提你问话，你收拾一下就随我去。"丁黄氏心里一怔，看看外面天色已黑，怎么要夜审哪？她又不敢多问，赶紧站起身来，把怀里的孩子放进被里，掖好被窝，就随牢头走了出去。

牢头押着丁黄氏出了牢门，绕过大堂，拐了几个弯，进了一个小院，来到一个窗棂雕花的房间。丁黄氏随牢头跨进门，只见倪毓桢身穿便服，手捧茶壶，端坐在书案前。丁黄氏连忙双膝跪下，陈牢头回禀了一声，见倪毓桢一摆手，便退了出去。

"丁黄氏，"倪毓桢慢声细语说，"你与王齐明私通，案情甚重啊！""倪大人，"丁黄氏抬起头来，噙着泪说，"那全是赵仁和倒打一耙的诬告，赵大作的是假证哪！"倪毓桢"嘿嘿"干笑一声："公堂上，不是你叫赵大出堂作证的吗？"丁黄氏说："那准是赵家收买了赵大，有意陷害民妇，求大人明镜高悬，为民妇伸冤！"倪毓桢沉下脸来："你不必强辩，有冤无冤，天知地知。现在只等本官一个状子上去,定你死罪罗!"说着,倪毓桢站起身来,走到丁黄氏面前,"本官怜你年纪还轻,不愿匆忙定案,才把你提到书房问话。你是个聪明人,应该知道好歹!"丁黄氏说:"只盼大人理清曲折,断明真相,大人的恩德,民妇怎能不知?"

倪毓桢一听,脸色温和了许多,说:"案子自然是本官断,可能不能遂你心愿,需你自己拿主意,你看呢?"丁黄氏愣了一下,抬起脸来,这时才发觉倪毓桢满面通红,酒气喷人,一双酸溜溜的小眼盯着自己。她不由一阵发悸,连忙低下头去,心里似乎有些明白这个倪大人的话外之音,但她转而又想:一个堂堂知县大人,怎会做出那种事来?便回答说:"倪大人,我本就拿定了主意……"倪毓桢立即朝丁黄氏走近一步:"拿定了主意?""倪大人,不告倒赵仁和,我死也不会瞑目,只望老爷作主,秉公明断!"倪毓桢一愣,立刻收起笑容:"丁黄氏,本官左说右说,望你'拿定主意',不要执迷不悟,你却偏要固执己见,那只好公堂上见了!"说完,便高声喝令:"来人,带丁黄氏下去!"牢头陈文汉从外面匆匆跨进书房,扫了丁黄氏一眼,解着她回到大牢。

倪毓桢看着丁黄氏被押走后,越想越气恼。聪明而善良的丁黄氏虽然听出了这位县太爷话中有话,可她不敢相信一个堂堂县官会有那见不得人的念头。其实,这个身着官服的老爷,本来就是个寻花问柳之辈,他在公堂上一见丁黄氏就心生邪念了。他也不是个糊涂虫,从赵大上堂作伪证的态度和言语中,已猜出了其中奥秘,他不当堂点破,而是用冷笑示意赵仁和休要得意忘形。果然,退堂后,赵仁和就登门求见了,他们在内室经过讨价还价,达成了一笔交易。倪毓桢原以为一个乡间民妇,还不就是手中的面团,要长拉拉,要短捏捏,而他却可以从这件人命案中轻而易举地来个人财两得。不料想如今这丁黄氏却如此强硬,怎不叫他气恼呢!

这天,丁黄氏一夜也不曾合眼,翻来覆去回想着倪毓桢的话,晓得这一篑子深的冤枉要沉到底了。她拧着眉头,苦苦思索,心里急得像油煎一样。忽听外面更锣又响,才知已是五更天。就在这时,大牢天井里传来一阵杂沓的脚步声,夹杂着锁链的"哐啷"和差役的喝斥,又听"哗啦"一声,不知哪一间牢门被打开,接着传来一阵叫骂声:"妈的,进去!""这家伙又硬又臭,是哪来的?""他就是那个丁黄氏的奸夫,叫王齐明!"丁黄氏此时不由浑身一阵冷颤:好心肠的王大哥竟也受累遭了冤枉,平白无故地头戴恶名,身锁枷镣,被投进大牢!

第二天,知县倪毓桢升堂问案,丁黄氏被几个怒眉横目、五大三粗的差役解到公堂,顿时倒抽了一口冷气。只见倪毓桢端坐在上,小眼睛里露着凶光;两班堂役手持木杖,一个个好似凶神恶煞;那黑砖地上趴着一个血肉模糊的大汉。丁黄氏心里一紧,目光立刻落在那大汉半侧的脸上,她惊叫一声:"王大哥!"王齐明听到叫声,睁开了眼睛,咬着牙,挣扎着撑起身说:"丁……丁二弟妹,莫要指望这昏官替你伸……"话没说完,又趴了下去,不再动弹。丁黄氏急步上前,喊了声:"冤枉啊,大人!"随着喊声,"扑通"跪倒在倪毓桢案前。倪毓桢横眉瞪眼地问:"本官现已查明,你与王齐明确为奸情,害死丁二,冤从何来?"丁黄氏凄声叫道:"倪大人,那是赵仁和杀人移祸啊!""胡说,明明是你谋杀亲夫,嫁祸于人,现有赵大亲眼目睹你与王齐明行凶作案,有活人活口为证。而且腊月二十四那天晚上,王齐明与丁二喝酒,你在一旁助兴,又有李二、张三目睹,你还想抵赖?""倪大人,王齐明和我丈夫患难相交,亲如手足,时常往来,这是众人所知的啊!""哼,为什么早不来,晚不来,单单就在那一天来与丁二喝酒?""只因赵仁和几次三番对民妇图谋不轨,我早就催丁二离开赵家,另投别处。那天丁二邀王大哥来家喝酒,就为商议这事。当时曾看见门外有黑影闪过,现在想来,必定是赵仁和……"倪毓桢听到这里,冷冷一笑:"好一个巧嘴刁妇,至今还假作正经,本官已查明你本是个朝三暮四、不守孝节的女人。你先与丁二私奔，后又与王齐明勾勾搭搭，这不是秃子头上的虱子——明摆的吗？"倪毓桢说到这儿，猛地吊起嗓子，"丁黄氏，你招供不招供？""倪大人，你冤枉了我，我无供可招！"

倪毓桢勃然大怒，狠狠地拍了一下惊堂木，眼光落在丁黄氏的一双小脚上："来人，给丁黄氏穿'红鞋'！"一听穿"红鞋"，丁黄氏顿时惊倒在地，堂上、堂下立即狼嗥虎啸起来。

原来，这穿"红鞋"是倪毓桢别出心裁想出的一种法外之刑，是用一只生铁镢头，就是农民用的犁铧尖头做的，上面有个长三角形口子，正好可以插进一只女人的小脚。用刑时，把镢头放在火炉上烧红了，把犯人的脚按进去，十个有九个痛得难熬，就招供了。

不多一会，只见几个堂役抬上一只火势熊熊的木炭炉，炉口上架着一只已经烧得通红的镢头。两个如狼似虎的堂役走上前去，不由分说扒下丁黄氏的绣花鞋，扯去裹脚布，然后把那只烧得通红的镢头"咣啷"丢在她的面前。

倪毓桢瞪着小眼说："快招吧，这可不是好受的！"丁黄氏愤恨地说："天下哪有这种刑法，就是烫死我，我也不……"话没说完，倪毓桢把手一挥，她的左脚已被揣进通红的管筒里，只听"嗤溜溜"青烟直冒，随着就是一股冲鼻焦味散布在公堂上。丁黄氏熬着灼痛，闭起双目，紧咬牙根，头上汗珠直滚，她来不及呻吟一声就昏了过去。

扳 倒 知 县

几个差役将丁黄氏拖回牢房，一直到黄昏时，她才苏醒过来，只觉得下半截身子像着了火似的。再看看伢子贵书，眼角边挂着泪珠，趴在自己的身上已经睡着了。她吃力地撑坐起来，伸出两只手,把贵书抱到怀里,轻轻摸着他的脸庞,抹去泪痕,可自己的眼泪却掉了下来。她硬了硬心肠,擦去泪水,抬起脸来,倚着墙壁,猛地似乎闻到一股油香味,她左右看看,只见铺头砖地上放着一只油壶。她连忙捧起来,一看,是一壶用肉老鼠浸泡的麻油,一时倒怔住了。因为她晓得这是专治火烫的油,她不知道这是从哪来的,难不成这大牢里也有好人?

一个半月之后,知县倪毓桢将案子定死,呈报到苏州府。不久,回文到了,要解丁黄氏南审。丁黄氏得到这消息,顿时失了指望,她觉得自己屈死倒还罢了,可这一来,丈夫的冤不能伸了,还有三岁的儿子,这可是丁二的骨肉呀! 因此她吃不下、睡不着,整日整夜伤心流泪。

这天晚间,忽听门"吱呀"一声响,牢头陈文汉走了进来,他见铺头饭碗粒米未动,开口说:"丁家嫂子,你要往远处看看啊! 那王齐明这两天也气得不吃,被我激了一激,现在才肯动筷子。"丁黄氏听他这样一说,不由含泪抬起头来:"老爷,我还有什么活路啊?""不见得,不见得。"陈文汉回头朝门外望了望,轻轻关上门。丁黄氏惊讶地看着他,心里一阵发慌。陈文汉又转过身来,轻声说:"丁家嫂子,我有话要对你讲。"

陈文汉有什么话要对丁黄氏讲呢? 原来,这个陈文汉家境贫寒,十七岁就当了差役,这官府里乌七八糟的事他不知看了多少,早把这世道看破了。丁黄氏一案,他心里早有疑问,他见丁黄氏整日抱着伢子以泪洗面,在梦里也喊"冤枉",心里就有数了。那天晚上,倪毓桢令他提丁黄氏到书房私审,他站在门外,把里面的谈话听得清清楚楚。那倪毓桢的话外之音,更使他听了气愤。从那时起,他就想在暗中帮丁黄氏一把。眼下,丁黄氏很快就要解到苏州过审,这一去,极可能给她定下死罪,因此,他就趁着晚间,悄悄来到牢房。

这时候,陈文汉见丁黄氏面色惊疑,便说:"丁家嫂子,那烫伤好了吗？如若尚未痊愈，我再去弄一点肉鼠油。"丁黄氏一听，才晓得陈文汉确是个好人，连忙说："烫伤已好，这事真难为陈老爷了！""不必，我实在是看你冤深仇大，心里难忍。"他说着，又走近丁黄氏身旁，说，"丁家嫂子，你可真想伸冤？""陈老爷，你这话怎么说？""你若真想伸冤，我给你拿一个章程。"丁黄氏惊疑地望着这平日不声不响的陈牢头，没出声。陈文汉说："你可晓得，倪毓桢本是一个昏官。昏官不去，清官不来啊！我有办法告倒他，就看你自己愿不愿意了。"丁黄氏心里一怔，一时不知怎么回答，于是，陈文汉就如此这般悄声说出一番计策。丁黄氏听着听着，脸上露出难色，沉思半晌，摇摇头，说："陈老爷，人要脸皮，树要树皮啊！"陈文汉说："丁家嫂子，你往要紧处再想想。"丁黄氏低下头，左思右想，还是拿不定章程。陈文汉焦急地说："俗话说，蛙子要命蛇要饱，再说，这也是他们逼出来的！"丁黄氏听了这话，终于狠下心来，点了点头。

三天过后，恰逢黄道吉日，班役们撑一把"遮阳"绸布伞，扛两块"迴避"、"肃静"的虎头牌，把知县倪毓桢送上了快船。丁黄氏也被解往码头，只见她身穿一件色士林竹布褂，脚穿一双白布鞋，两只手上锁着木铐，三岁的小贵书拉着她的衣襟，一步一步地跟在后面。到了码头上，丁黄氏被押上了公船。小贵书被人强抱下来，他看着渐渐远去的船只，发出了撕心裂肺的哭喊："妈妈，妈妈！"

苏州府白虎堂上，气氛森严：两侧堂役手拄木杖，一字排开；盐城知县倪毓桢矜持而严肃地坐在公案右侧的太师椅上；抚台章大人气宇轩昂地端坐在中央。

这位章抚台，虽已年过六旬，但目光仍然灼灼逼人。他是进士出身，三品翎带，执法甚严，在民间颇有声望，接到丁黄氏一案的案本，他连夜批阅，发觉案情曲折，疑窦甚多，随即行下公文，押解丁黄氏到白虎堂上，亲自审理。

这时,章抚台传下话去,丁黄氏缓步走上堂来,只见她摇摇晃晃走到案前,双膝跪下。章抚台一见眼前这个柔弱女子,不由眉头一动,再看她那一双含冤藏愤的泪眼,心中又起疑问。于是便问道:"丁黄氏,赵家告你,赵大出证,这赵大与你素有仇隙么?"丁黄氏说:"赵大和我无冤无仇。"章抚台暗想:看她不像一个奸滑的女人。接着他越问越仔细,丁黄氏照实一一作了回答。

忽然,章抚台厉声说:"丁黄氏,你既然对赵家早有戒备之心,为何丁二夜深不归,你当晚不去寻找? 王齐明夜深才走,他又知你的心思,为何不去寻找丁二? 可见丁二还在家中!"丁黄氏一惊,忙说:"只因没有料到……"话刚出口,就让倪毓桢打断:"抚台明鉴,此案决无讹错,请大人速速发落!"

丁黄氏一听,气得发抖,赶紧开口:"启禀大人,民妇有罪无罪,听凭大人明断,只是还有一桩冤屈,未曾启口。"章抚台皱了皱眉,说:"有话快讲!"丁黄氏脸色略略一红,接着说:"上月初九那天夜间,倪知县提我到书房私审,举动轻薄非礼……"

倪毓桢一听丁黄氏提到那天晚上的事,这一惊非同小可。因为心中有鬼,他慌忙站起,对章抚台说:"我从来没有在书房私审过她,请大人详察。"章抚台将手一挡,倪毓桢连忙退到座位上。"丁黄氏,"章抚台问,"书房面向哪里?""坐北朝南。""窗棂雕花?""铜钱图案。""案头有无摆设?""一盆垂笑君子兰。""东墙字画挂有几幅?""丁黄氏一愣:"这……这却不曾留意。"章抚台一拍惊堂木:"全是谎告! 东墙为窗,本无字画。"

惊呆着的倪毓桢见丁黄氏一时回不上话来,急忙说:"大人,这个女人十分刁钻,诬告下官,只为翻她的案子! 请大人重重治她的罪。"

丁黄氏先是一惊,继而她又明白这是抚台大人诈她一诈,连忙说:"大人,民妇句句属实,并有证物。那夜,倪知县对民妇强行不轨之事时,我趁他不备,摘下了他系在腰间的墨玉一块。"说着，便把证物呈上公案。章抚台慢慢拿起，仔细看了两面，这是一块扁圆活玉，上面刻着一条花蛇，盘作一周，中间有个阴文"倪"字。章抚台陡然脸色大变。倪毓桢一见那墨玉，大惊失色，忙伸手去摸腰带，摸了个空。忽听章抚台高声问："倪知县，从这块墨玉来看，确是你的啰？"倪毓桢一听，慌忙跪下："大人容告，下官属相巳蛇，这块墨玉自幼拴在腰间，却不知何时失落，内中曲折，敬请大人详察。""大人，"丁黄氏急切地说，"倪知县身为知县，胡作非为，大人若不为民妇作主，民妇死了也不能合眼啊！"

"来人！"章抚台大喝一声，"将倪毓桢拿下。"倪毓桢大睁两眼，满头臭汗，被堂役摘去了帽子。章抚台也不容他申辩，厉声训斥一顿，便令将他押下监去，待后处置。随即发话，将丁黄氏解回盐城。

丁黄氏回到盐城那天，南门码头上挤满了来看的人。原来，丁黄氏在苏州扳倒了倪毓桢的奇闻，已轰动全城，各式人物，各种说法。但是更多的人是快活、庆幸，他们说："活该，活该，人命大案，他就那么糊糊涂涂地断么？"

丁黄氏回到盐城后，当天傍晚，牢头陈文汉就将寄托给人家的小贵书领回了牢房。小贵书扑到丁黄氏怀里，一连声地问："妈妈，妈妈，你的官司打赢啦？"丁黄氏抚摸着小贵书的脸蛋，忍不住露出了笑容。她千恩万谢陈牢头给她出了好主意，弄到那块墨玉，扳倒了倪毓桢，使这桩案子有了伸冤的希望。

丁黄氏双膝跪地，叩谢陈文汉的救命之恩。陈文汉连忙拦住说："丁大嫂，我帮你不是为了图报恩，是为了扳倒姓倪的，好让那些受冤屈的人都有个生路。"他停了一下，又说，"新任知县快到任了，此人名叫蓝采锦，听说是长沙人，监生出身，有真才实学，为官自然不会错的。他来了，也许能使你这案子翻过来。"

油 锅 摸 钱

昏官已去,丁黄氏心头充满着希望和喜悦,她天天盼,日日望,等待着蓝知县升堂问案。可是一天过去了,两天过去了,半个月过去了,依旧没有消息。这天,丁黄氏见陈文汉从窗前走过,连忙问:"陈老爷,蓝知县什么时候才能问我的案子?"陈文汉沉思了一会,说:"丁家嫂子,蓝知县刚刚到任,外面事务繁忙,你且耐心地等着吧。"这样,又过了个把月,丁黄氏的心整天紧绷着,真是度日如年哪。

眼看进冬了,这天,蓝知县传下话来:明天提审丁黄氏。丁黄氏终于盼到了开堂的日子,她一夜翻来覆去没睡着,四更天就起身换上一身干净衣裳,梳洗了一番,坐等到天明。陈文汉匆匆来了,丁黄氏刚要起身,不料陈文汉说:"丁家嫂子,蓝知县又传下话来,今日不问案,明日再讲。"丁黄氏一愣:"陈老爷,为什么要往后拖延?"陈文汉微微一皱眉头:"我也不清楚。"

那么,蓝知县为啥迟迟不来问案,他葫芦里到底卖的是什么药呢?

原来,新任知县蓝采锦虽然精明,却不廉洁,他这次花了一千两银子,才补了倪毓桢的缺,因此走马上任到了盐城,他首先要忙他的生财之道。他和当地的土豪富户打得透熟,翻阅了丁黄氏一案的案卷后,他当即决定就由此案打开自己的生财之门,于是便故意放出重审此案的风声。

再说那个赵仁和,这段时间的日子过得并不安逸。自从丁黄氏扳倒了倪毓桢,他心悸胆寒、坐卧不安,新任知县到任后,他就不停地活动,想摸摸这位新任县官的底。不料底还没摸着,却听到新知县要重审此案的风声,这可把他吓坏了,连忙前来县衙求见。不料狡猾的蓝采锦却采用不冷不热、欲擒故纵的办法,只淡淡敷衍了几句,就把他打发走了。赵仁和也非窝囊之辈,他回家后拼命捉摸蓝采锦的真正意图,打算先看看风头再说。

可是蓝采锦等了多日,不见赵仁和来孝敬,他发火了,扔下令牌,命差役传赵仁和过堂。这下,赵仁和慌了,连忙带着双倍的大礼,连夜赶到县署内宅……于是蓝采锦发下话来,改日堂审丁二一案。这就是拖延问案的真正原因。

第二天,蓝采锦升堂问案了。他打好主意,决心打响第一炮:既要给丁黄氏来个下马威,又要让赵仁和领略到自己的厉害。

大堂上,丁黄氏和王齐明规规矩矩地跪着,他们满怀希望,指望这位新任知县能秉公审案,为自己作主伸冤。谁知蓝采锦只是草草问了一遍,就沉下脸,干咳一声,照本宣科地数落起他们的罪状来。最后,他喝道:"你等二人快快画押,免遭皮肉之苦!"丁、王两人这才明白,原来扳倒了一只虎,却又来了一只狼!

蓝采锦先拿王齐明开刀,逼他当堂认罪画供。可王齐明这条硬汉子哪买他这份账?他一把撕碎差役递过来的判书,双眼瞪得出血,破口大骂。蓝采锦火冒三丈,立即传话用刑,可怜一条硬汉,被整得死去活来。

王齐明被拖走后,蓝采锦"忽"地站了起来,"啪"重重拍了一下惊堂木,大声吼道:"丁黄氏,你怎么说?"丁黄氏一字一句地说:"大人怎能凭一时之怒,说红不绿,草菅人命?"蓝采锦双眼瞪起,咬牙切齿地说:"通奸害死亲夫的贱妇,你且听着,我公堂上有四大刑具:跪铁链,膝盖若断;上夹棍,胸膛如裂;背板凳,恰似巨石压身;架十字,好比五马分尸。略一试,就叫你魂飞胆丧。你还是从速招供吧!"谁知丁黄氏听了,既没哀求,也未惊慌,不言不语地直起身子,稳稳当当地盘坐在地上,跷起了一只小脚,脱去绣花鞋,慢慢解开了裹脚布。她这举动,把堂上的衙役们都看呆了。蓝采锦一时也被弄懵了。丁黄氏终于不慌不忙地扯开那三尺长的裹脚布,露出了满是疤痕的小脚。这时,她才抬起脸来,说:"倪知县动了这样的重刑,民妇也没敢屈招,只望蓝大人明镜高悬!"说完这话,丁黄氏依旧旁若无人地一层层、一道道裹起了小脚。

丁黄氏大堂裹脚,蓝采锦失了威风,他越想越气,越想越恼火,铁青着脸,双眼"骨碌碌"转个不停。一会,他晃了晃头说:"哼,丁黄氏,你既不怕,敢油锅摸钱吗?"丁黄氏一怔,抬起头来。蓝采锦冷冷一笑,阴险地说:"你敢油锅摸钱,我就敢断下案子说丁二不是你所害! 你不敢,那就早早招供!"丁黄氏好一阵犹豫,最后咬着牙说:"只要蓝大人伸得冤屈,我就是跳下油锅也是情愿的!"蓝采锦一拍公案:"好,不怕你嘴硬,明天当堂设锅!"

蓝采锦气恨恨地退下堂,走进内宅,候在里面的赵仁和赶忙迎出来问:"她……她招了吗?"蓝采锦把手一摆,骂了一句:"这女人可真厉害!"赵仁和一惊,忙追问:"依知县大人怎么办?"蓝采锦朝他翻了一下白眼:"怎么办? 明天叫她'油锅摸钱',不死也得脱层皮!"赵仁和一听"油锅摸钱",连忙奉承说:"多亏县太爷费心了!"

第二天一大早,一口八尺大锅果然架在堂前,木柴烧得炉火熊熊,热油沸腾。紧挨油锅两旁,各摆一只盛着凉水的木桶。丁黄氏一步步走上堂来,在油锅前站定。蓝采锦抓起一把铜钱,立在丁黄氏对面,把铜钱在手上掂了掂,得意地说:"手下油锅,骨头也要炸酥了,还不招吗?"丁黄氏咬着牙说:"说话当话,我摸出铜钱,大人得替我伸冤!"蓝采锦一抬手,将铜钱洒下油锅。一班堂役围着那油锅站了一圈。只见丁黄氏慢慢卷起袖口,挪步走上前,把右手伸进水桶,浸了又浸,然后飞快地抽出来,窝起掌心,就要向那滚油锅里伸去。

就在这时,忽听有人大声喊道:"不能摸!"众人掉头一看,喊话的原来是刚刚被押解到大堂门口的王齐明。只见他两眼圆瞪,带着一身刑伤,摇摇晃晃往油锅这边挪来,没走几步,就被身后的差役一脚踢跪下去。他倒在地上,嘴里依旧喊着:"丁二弟妹!不能摸……"丁黄氏心头一阵酸楚,忍泪说:"王大哥,你不要再说了!"蓝采锦叫道:"不摸就快快招供!"丁黄氏心一横,猛然将右手伸下了油锅,只见一股焦烟直往上冲,糊味呛人。丁黄氏额上滚下豆大的汗珠,嘴唇被咬得鲜血直淌,她拼命抓起锅底的铜钱,"叭啦啦"丢进了左边的水桶,她的右手也跟着揣进凉水。蓝采锦倒抽了一口冷气,周围堂役也看得目瞪口呆。

也许有人会感到惊奇,丁黄氏那只手又不是生铁铸成的,怎么经受得了这样的摧残呢?原来,又亏了牢头陈文汉的暗中相助。当陈文汉知道丁黄氏答应油锅摸钱,十分着急,晓得这是蓝采锦借机要丁黄氏命的毒计。他无力使丁黄氏避免这场祸难,便苦苦思索很久,当夜匆匆打开牢门,送去一瓦罐香醋和一篓鳗鱼。他叫丁黄氏把手放在醋里泡上三个时辰,再放到鱼篓里搅。香醋浸指,凉气入骨;鱼鲇敷手,可以挡热。

当下,丁黄氏把手从水桶里抽出来,已不知道疼痛,就像掉了一样。她走前两步,双膝跪下,请求蓝采锦为她明冤雪恨。蓝采锦颓然回身走上公案,盯着差役从水桶里捞起的铜钱,再看看跪在案前的丁黄氏,一时不知怎么开腔。他考虑了一下,然后一挥手,两个堂役上来,把丁黄氏架回了大牢。

再告"青天"

蓝采锦悻悻地退下堂来,背着两手,打着主意,跨进书房。猛然从太师椅上立起一个人来,把他吓了一跳,抬头一看,见是赵仁和,他这才想起这公子哥儿还躲在这里等候案子的结果呢。他肚里暗暗骂了一声:穷酸!甚至有点恼恨面前这个吝啬鬼!送礼两回,才两百两银子,他那一条命就值两百两么?要不是看在银子分上,我才不想操这心呢!想到这,他那脸色显得更阴沉难看了。

赵仁和看他这副脸色,就小心地问:"蓝大人,了结了么?"蓝采锦瞅了他一眼,眉头一皱:"案子啰唆起来了,不是你我想象的那么简单,丁黄氏竟从滚油锅里摸出铜钱!"赵仁和暗吃一惊,连忙说:"她这是自讨苦吃,案子还得在大人手上定夺!""这人命大案,非同小可,"蓝采锦话里带着不满,"你晓得么?'油锅摸钱',是我跟她打下的赌,这是我在公堂上的许诺,我能说话不算话么?"赵仁和一听这话,暗想:杂种,又敲起我的竹杠来了!他心里这么想,嘴上却说:"蓝大人为我的案子操心劳神,学生一定厚报。不知还要几天方可了结?""总在三四五天。不过如何断法,还很难说啊。"赵仁和只得告辞走了。蓝采锦站在台阶上,望着赵仁和的背影,狠狠地说:"不见棺材不掉泪的家伙,哼……"

三天以后,赵仁和到底沉不住气,又来了。蓝采锦吩咐差役叫他到大书房等候。这大书房,是蓝采锦处理公务的要处,只见窗下书案上叠着一堆装得鼓鼓的牛皮纸公文袋,西壁下枣红木橱锁得紧紧实实。这里平时是不准闲人随便进出的,赵仁和进入书房,心怀鬼胎,见左右无人,就东张西望起来。他忽然见书案一端单独放着一只涨鼓鼓的公文袋,注明"机密"字样,就伸手摸过来,紧张地解开线头,抽出一看,心里一喜,原来正巧就摸到了丁二一案的卷宗。赵仁和见上面几张就是判书,慌忙往下瞧,瞧着瞧着,只见他脸色顿时由白变灰。原来,那白纸上的黑字是:赵仁和,本县草垒口乡财主……本欲勾引佃户丁学方之妻为奸,因屡遭拒绝,黉夜强行不轨未遂,遂起谋害丁学方之念……几经堂审,案情大白,确凿无误,杀人偿命,当速正法……"末尾处除了盐城县知县蓝采锦的亲笔落款之外,还有一块盐城县署的四方大印!

赵仁和顿时吓得魂飞魄散,面色如土,两条腿子直打抖,不知如何是好。

正在这时，突然"哐"一声，书房的门被推开了，走进一个官吏模样的人来。这人朝赵仁和冷眼打量了一下，说："赵大少爷，蓝知县客堂有请。"赵仁和慌得连案本也没揣进公文袋里，就往客堂上去了。

蓝采锦正坐在那儿用茶，看见赵仁和走来，不由一怔，未及问话，就见赵仁和"扑通"往下一跪："蓝大人开恩，饶……饶我一命……"

蓝采锦故作惊讶地说："赵大少爷，这是怎么了？"赵仁和流泪恳求："我……只求大人笔下超生，我愿拿出一半家产，酬谢您老救命大恩！"蓝采锦一听，心中不由笑开了花。不过他表面上不露声色，干咳了一声，随后扶起赵仁和，双双并肩，进入内室，一场肮脏的交易终于拍板成交了！赵仁和回到家里，足足忙了一个多月，凑足了两千五百两银子，亲自送到县府。蓝采锦如愿以偿，便将丁黄氏"通奸害夫"罪定死，连夜派人报往苏州府。

再说丁黄氏油锅摸钱后，她那只右手就残了，五个指头再也不能伸直。当她晓得蓝采锦说话不当话，依旧定死了案子，顿时气得两眼发呆。这时她才真正明白，清朝清朝，清朝难得见清官。每当想到自己恐怕不能活着走出这牢门，夫妻俩都要做屈死鬼时，她就更加怀念丁二。这天晚上，她借着窗外的月光，用伤残的手艰难地做着鞋子。小贵书抓住她的手一个劲地问："妈妈，你的手怎么了？"她一把搂住伢子，贴着他的脸蛋，一句话也不说。就在这时候，陈文汉突然出现在窗外，低声说："丁家嫂子，苏州的回文今天到了，又要解你南审。蓝知县传话，明天一早开船。"丁黄氏正待要问，陈文汉已匆匆走开。丁黄氏心中焦急不安，一直等候到四更天，陈文汉才又来了。他打开牢门，高声喊："丁黄氏，赶快收拾收拾，五更开船。"然后低声说，"丁家嫂子，蓝采锦把案本做得天衣无缝，到了苏州大堂，你可要当心啊!"然后又小声嘱咐了一番。丁黄氏咬着嘴唇说:"陈老爷,这回只好拚它个鱼死网破了!"

四天后,丁黄氏又被解到了苏州,当天,就被传上大堂。

章抚台端坐在上,他一见丁黄氏在公案前跪下,就将惊堂木拍了下来,说:"丁黄氏,去年提审,只因案本粗疏,加之倪知县行为不端,才将你发回盐城重审。而今,蓝大人之案本缜密,核查验证,铁案如山,劝你快快招来,免得再吃苦头!"丁黄氏这时提起嗓子,大喊了一声"大人!"便愤声地说,"只因蓝知县贪财受贿,执法不公,才使民妇蒙冤至今!"蓝采锦一听,瞪起眼来:"你敢陷害本官?"丁黄氏伸出那只疤痕累累的右手,含着眼泪,朝章抚台说:"大人,民妇伸冤之志,这残了的手可以为证!"接着,便把油锅摸钱的前前后后申述了一遍。章抚台听了,不禁为之动容。蓝采锦急忙上前一步,说:"抚台大人,问案用刑没有拘泥之理;公堂用计亦是理所当然。告我贪财受贿,无凭无据,全是凭空揣测。请抚台大人速速发落吧。"

章抚台一听,厉声说:"丁黄氏,你好大胆子!诬告他人,理当罪加一等,姑且怜你手残体弱,免去行刑。本抚台据本定案,判你通奸害夫之罪,快快画押!"丁黄氏刚喊一个"冤"字,喉咙便被噎住。只见她泪流满面,嘴唇直颤,摇摇晃晃,跪立不住。蓝采锦心里一松,暗暗得意。章抚台这时已举起朱笔,向那判书上勾去。

就在这千钧一发之际,忽听堂下传来喊声:"启禀大人,盐城县署公文到!"章抚台闻声抬起头来,奇怪地问道:"哪里的公文?"堂下再答一遍:"是盐城县署公文。"章抚台朝坐在左首的蓝采锦望了望,只见蓝采锦脸上也露出惊讶之状。章抚台心中不由暗暗起疑,放下朱笔,传话:"将公文递上来。"他接过牛皮纸公文袋,不想从里面取出的,竟是一份判书!他一看,顿时勃然大怒,嘴里说一声:"岂有此理!"将那判书朝蓝采锦面前一掷,"蓝知县,你自己看去!"

蓝采锦从章抚台的神色中已经发觉事情不妙,连忙抓起一看,却是他故意写下后放在客堂书案上给赵仁和看的那份判书,顿时惊得全身发抖。

那份判书怎么会从书房里跑到这儿来的呢?原来,这又是那牢头陈文汉干的。那天陈文汉路过书房,无意间发现丁黄氏的仇人赵仁和正惊惶失色地在里面偷看文件,觉得事情蹊跷,他灵机一动,便破门而入,托词支走赵仁和。他一看那份判书,心里一喜,为怕以后再有反复,他当即将判书从公文袋中抽出,揣入怀中,匆匆离开。当丁黄氏被解去苏州时,陈文汉连夜请衙门里一个相好的邮差专程将此"公文"送到苏州府,并嘱他要瞅准时机,不早不晚就在章抚台挥笔定案之时呈上去。

蓝采锦看到这份判书怎能不发抖!他悔恨自己疏忽大意,终于铸成大错。他慌不择言地说道:"抚……抚台大人,这……这是伪造!"章抚台冷冷一笑:"蓝知县,难道还需验证笔迹么?还需验证县署印章么?"蓝采锦脚一软,"扑通"往地上一跪:"大人明鉴,案情复杂,多有反复,不足为怪。""住嘴!"章抚台恼怒地站起身来,将惊堂木"啪"一敲:"同一案件,两份判书。判书同时所做,凶手颠倒两人。你好会敲人竹杠啊!如你所为,纲常国法安在?"他喝一声,"来人,摘去翎带,打下监去,待后重处。"

蓝采锦狼狈不堪地被推下堂去,丁黄氏绝处逢生。

丁黄氏扳倒两任知县的事,"哗"地又传遍了苏北一带。

惨骑"木驴"

此后,盐城县署走马灯似的连年换任,丁黄氏的案子竟无人敢问津。小贵书都十岁了!那年离开了牢中的母亲,到外面给人家放鸭谋生去了。日复一日,年复一年,整整挨过了十五个年头。

这年夏末,大同人蔡保培走马上任,他到任后的头一件事就是清理陈案。他翻看了丁二一案的案卷,一眼便看出其中破绽,不禁暗笑两声。隔了几日,到处风传说蔡知县要把案子弄个水落石出了。那赵仁和这十五年的日子过得也不安稳,如今听到新任知县问案的风声,不由暗暗心颤。他左思右想,决定一口喂饱这位新到任的主子,尽快了结案子,除掉这块心病。于是他带上两麻布包银两,雇了一只篷船,连夜摸到盐城县署,交涉妥了。天明,蔡知县就履行公事,堂审了丁黄氏和王齐明,接着做好案本,并亲笔写了一封信,差人快马送往淮安府。过了四天,淮安知府谢大人回示,令将案犯押送淮安。

牢头陈文汉听说这回要解丁黄氏和王齐明北审,大吃一惊,知道此行凶多吉少,急得一夜未曾入睡。可他已想不出法子来搭救他们,第二天只好含着眼泪亲自把两人送上公船。淮安府知府谢大人和蔡保培原是通家之好,他们一个是"世伯",一个是"世侄",两人臭气相投,沆瀣一气。他们倒在烟床上仔细密商,得意得呵呵直乐。

天色将晚,丁黄氏和王齐明被差役带到一间偏房。房中放了一张小桌,两张条凳,桌上放着一对花瓷大碗,一碗装满鸡肉,一碗盛着清汤。差役让他们对面坐下,说:"大人吩咐,在此用饭。"说完,退了出去。丁黄氏和王齐明对面坐着,谁也不碰筷子。过了一会,王齐明默默推开面前的汤碗,丁黄氏抬头望了望面容枯槁的王齐明,心头一阵痛楚,看看碗里快冷的汤,开口说:"大哥,吃吧!"她起身端起面前的鸡块,拿起筷子,拨了一半到另一只汤碗里,双手端起,放到王齐明面前。

他俩刚抓起筷子,只听门外突然传来"嘿嘿"两声冷笑,蔡保培一脚跨了进来,满脸奸笑地指着小桌说:"一碗鸡肉二五平分,果然情真意切。"接着板下脸来,"丁黄氏,奸情毕露,罪证已足,你无可抵赖了吧?"说完,吩咐跟随在身后的差役,将两人即刻拿上公堂。

丁黄氏站起身,愤然道:"欲加之罪,何患无词。蔡大人你要杀便杀,何苦费这样心机?"这时,王齐明猛地站起身,操起桌上一只瓷碗砸了过去。蔡保培连忙闪身让过,那碗飞在窗棂上碰个粉碎,鸡汤泼了蔡保培一身。两个差役慌忙把王齐明按住,举棍就打。丁黄氏一把抓住棍子,大声朝蔡保培说:"这里不是你蔡知县发威的地方。"蔡保培一怔,喝令差役将两人押走。

第二天,谢知府装模作样升堂理案,宣了判书,定王齐明绞刑,丁黄氏骑"木驴"示众。

丁黄氏听得自己要遭受木驴之刑,顿时气塞胸口。这骑"木驴"是一种惨无人道的极刑。那是一种跟真驴一样大小的木制驴,木驴四脚安着木轮,木驴背上竖着一根很长的木钉。行刑时,把"淫妇"扶上驴背,木钉坐入下身,推动木驴,木轮带动木钉转动,俗称绞肠。凡是坐上木驴的人,必死无疑。

第二天,那公船载着丁黄氏和王齐明离开了淮安。丁黄氏戴着木铐,坐在那晦暗的囚舱里,呆呆地望着滔滔白浪,像木人似的一动不动。囚船行了半日,进了盐城西乡,她忽然像惊醒似的抬起脸来,两只眼睛直勾勾地望着越来越近的草埝口,打起了一阵冷颤。她望了望倚在舱口打瞌睡的胖差役,拔下头上的银簪递了过去,说:"老爷,央求你,容我上岸去望望丁二的坟!"胖差役接过银簪,点了点头,就招呼让船拢了岸,又给丁黄氏开了木铐,派了两个差役,押着她离船上岸。

丁黄氏挽着一只布包,走上岸,匆匆踏上一条圩埂,约摸走了半里路,便来到一座枯草丛生的荒坟上。她一眼看到丈夫的坟地,急走几步,扑倒在坟上,两手拼命地抓着坟上的黄土,放声号哭起来,哭得天昏地暗,哭得押解她的两个年轻差役也背转脸去抹起眼泪来。丁黄氏哭了整整一顿饭工夫,才抹去眼泪,慢慢站起身子,从布包里取出一双小圆口黑布鞋,端端正正地放在丈夫的坟前,又跪下来拜了几拜。然后默默地起身,跟着那两个年轻差役回到囚船。

转眼已到冬月。一个寒风凛冽的傍晚,盐城城门缓缓关闭时,一个身材单薄、身穿破棉袄、腰束草绳、脚登布筋草鞋的青年,匆匆挤进城门。只见他小长脸,大眼明亮,黑眉微翘,这青年就是丁黄氏的儿子丁贵书。贵书抹着脸上的汗水,直奔大牢。

贵书一脚跨进牢门,只见灯下母亲正在收拾包袱,那床补钉叠补钉的旧被整整齐齐地放在铺头,一双洗得干干净净的碗筷放在一只竹篮里。贵书心碎了,喊了声:"妈!"就"扑通"跪倒在丁黄氏身旁,泣不成声。

丁黄氏慢慢低下头,捧起儿子的脸,盯着看了一会,才开口:"贵书,你成人了,扒得着锅、拿得到碗,妈放心了。往后,就硬着肠子一个人过吧!妈没东西留给你,做的针针线线放在被窝里……你要能娶房媳妇,丁家有了根,妈死也闭眼了……""妈!"贵书紧抱着丁黄氏,放声大哭。

这时,牢门被轻轻推开,眼里满是血丝的牢头陈文汉悄悄走进来,他叫贵书带上他母亲的衣物,随他出监。

第二天就是行刑的日子,盐城县北校场上人头骚动,灰蒙蒙的天上飘着阵阵细雨。午时,两个刽子手将王齐明五花大绑,绑在一根木柱上。王齐明怒目圆睁,拗着脖颈,直挺挺站着。这时,一声传令:"午时三刻到!"刽子手随即将一道绳索套住王齐明的脖子,将一根木棍插进绳套,只听"咯吱吱"一阵响,王齐明头一歪,两眼大睁,直勾勾瞪着灰蒙蒙的天,含冤死去!

王齐明刚被绞死,就见雨地里,几个差役已推出那木驴来。众差役七手八脚将丁黄氏架了上去……木驴四只木轮一圈圈地向前滚动着,鲜血一滴一滴地顺着木驴身子落在那青石铺成的街道上。停立在街道两旁的人们掩目背身,发出了声声叹息。

骑在木驴上的丁黄氏，既没哀号，也没叫喊，她脸色苍白，昂然挺着身子，两眼迸发出一股怒火，那愤怒的目光落在人群中一个戴瓜皮帽的脸上。那黄脸突然变色了，身子发抖了，这人就是赵仁和。赵仁和吓得连忙一缩脖子，逃走了。

当木驴滚到儒学街时，几个差役把木驴停住，连声叫喊着："过去了，过去了！"这声叫喊，就是说犯人已死，家属可来领尸。这时从巷口走出两个人，那是牢头陈文汉带着丁贵书，他们急急忙忙走到木驴边，把双目紧闭、鲜血淋淋的丁黄氏搭下木驴，抬走了……

十三年以后，赵仁和年已五十多岁了。这年腊月里的一天，他在草埝口小街姘头屋里销了一夜魂，第二天晌午时分，他出了草埝口小街，打算回家。看看路面，因夜里下了雨雪不好走，朝大河里一望，堤下正停着一只木船。他于是便下了河坎，高声叫唤那船家，送他由水路回家。蹲在船头的汉子也不抬头，说他这船是不送客的。赵仁和两眼一瞪，正要发作，一个梳着小髻的女人从舱口探出身来。那女人和赵仁和一照面，双方都怔住了。突然那女人瞪起双眼，嘴唇颤抖着，说："怎么是你这个畜生？"

赵仁和也仿佛认出这女人就是丁黄氏，惊得舌头直打转："你……"

丁黄氏顿时两眼喷火，手指着他，对船上汉子说："贵书，他……他就是害死你爹的赵仁和！"

丁贵书立时怒不可遏，一把抄起竹篙大骂一声："我打死你这老狗！"边骂边用力朝赵仁和砸了过来。只听"咔嚓"一声，篙子打在一棵苦楝树的枝丫上，赵仁和惊得魂飞魄散，爬上堤岸，连滚带爬地拼命奔逃。等丁贵书扔下竹篙跳上岸要追时，赵仁和已经逃进了草埝口小街，转眼不见了踪影。

原来，丁黄氏大难不死，全亏了牢头陈文汉的搭救。陈文汉在行刑前一天晚上，把行刑的差役请到住处，摆了桌酒，请他们搭救一把。众差役当夜就偷偷地将木驴肚中的木齿轮弄坏了。所以,丁黄氏虽然吃了一场大苦,但并没有死。当天,陈文汉帮助贵书把昏迷不醒的丁黄氏抬上木船,一口气行了七里多路,陈文汉才离船上岸。丁贵书磕头拜谢他搭救母亲之恩。陈文汉连连摆手,还扶起贵书,送了一包银两给他,看着丁贵书摇着小船渐渐消失在茫茫水雾中,他才放心地回去。

娘儿俩在江南漂泊了十多年,才敢回到江北。昨天路过草埝口,因贵书给爹上坟,停了一宿,今天刚要走,没想到碰见了仇人赵仁和。

再说赵仁和受了这场惊吓以后,竟整日像失了魂似的痴痴呆呆,看见竹篙子就害怕,大白天瞪着两只红丝丝的眼睛,指着屋上的桁条,惊恐地说:"竹篙子,竹篙子……打死我了,打死我了……"两个月后,这个杀人凶手就在如此惊怕中一命呜呼了。

后来,丁黄氏领着一家三代回到那茫茫的盐滩上定居下来,在那里度过了她的晚年。

丁黄氏活到八十一岁时,病倒了。她死后,她的子孙们按照她的遗愿,把丁学方的坟迁到盐滩来并葬。据说,落葬那天,当地有两百多人为她披麻戴孝。

这以后,每年清明,丁家后人总要来到古老的横港河南岸,祭扫那合葬着爱与恨、恩和冤的墓地。

(王维宁　陆正庄　整理改编)